[日] 宫泽伊织 著
游凝 译

里世界郊游

③

山的气息

文化发展出版社
Cultural Development Press

◇千本櫻文庫◇

◇前言 PREFACE

文库，原本是指收纳书物的仓库和书库，也指收纳书与记事簿，以及不常用物品的小箱子。以前者为例，京滨急行线的"金泽文库站"就是以前镰仓时代北条氏用来收藏汉书用的，"金泽文库"名字的由来便是如此。东京都的世田谷区也存在收集珍贵汉书的"静嘉堂文库"。后者则更多地被称为"手文库"。

江户时代以来，可以放入袖袂的小开本书籍逐渐流行起来，被称为"袖珍本"。明治三十六年（1903年），富山房发行了小开本的丛书，起名"袖珍名著文库"。随后，明治四十四年（1911年），讲述战国时代的猿飞佐助和雾隐才藏系列故事的讲谈社"立川文库"发行出版。讲谈是日本民间艺术，以口语化的方式讲述历史故事。而"立川文库"则是将讲谈收录成册集中出版的丛书，据统计，当时刊行量为200册左右。从那时起，文库就脱离了原本的释意，逐渐演变成了现在的类书集丛。

文库说法借鉴了日本出版业界的传统说法。而千本樱源自日本奈良县吉野山樱花盛开的奇景，世人皆用"一目千本樱"来形容樱花美景。千本樱文库纳入的作品皆为日系作品，题材包括推理、悬疑、幻想、青春、文化等类型，正如千本樱满山盛开的绝景。

现代日本，以"文库"命名刊行的丛书系列有200种以上，所谓"文库本"只不过是统称而已。日本传统的"文库本"常用的是 A6 尺寸的 148mm×105mm，也叫"A6 判"。千本樱文库的所有书籍将在"文库本"的基础上提升，达到 148mm×210mm 的开本标准。在追求还原的前提下，力图带给读者更清晰的阅读体验。

明治维新以来，日本文学有了长足发展，传统文学扎根本土，西学东渐，渐渐演化出了日本特有的美学文化。类型文学则在国民精神需求骤增的背景下蓬勃发展，各家出版社争相设立文学新人奖，用来挖掘出色的文化创作者。而投稿获奖也是志在成为作家的创作者们最依赖的出道途径。不过，新人出道的方式并不局限于此。而更为普遍的另一种方式则是历史更为悠久的毛遂自荐。

"毛遂自荐"是指创作者携带稿件去出版社投稿，随后文稿被刊登在期刊杂志上，该文章的作者便算是出道。进入20世纪80年代以后，日本的期刊杂志类型逐渐丰富起来，作者的出道机会也就越来越多。1989年，日本角川书店创刊《Sneaker》用来连载少年向的小说，随后转向多样化类型的方向运营。2011年，《Sneaker》刊载了一部名为《我的魔剑废话很多》的轻小说作品，随后出版了四卷单行本，宫泽伊织由此出道。

宫泽伊织虽然顺利出道，发展却不顺利。轻小说并不能发挥其才能，因此已经出道的她，开始转而向文学奖投稿。2015年，宫泽伊织以《诸神的步法》斩获了科幻文学的重要奖项"第6届创元SF短篇奖"，转型创作科幻小说。这部《诸神的步法》虽然公开时间晚于出道作，创作时间却早于《我的魔剑废话很多》。回归本心的作者受到日本科幻文学的中流砥柱早川书房的邀请，正式连载科幻小说《里世界郊游》。这部作品吸收了部分轻小说的角色塑造方式，更主要的还是硬核的科幻设定与意想不到的剧情展开。怪谈与异世界的结合方式，搭配冒险的主线增加了几份惊险刺激的阅读体验，天马行空却又符合逻辑的设定往往能够让人深陷其中，这是只属于"宫泽流"的异世界。

千本樱文库编辑部

千本樱文库

本格
- 巫女馆的密室
- 圣女的毒杯
- 哲学家的密室
- 衣更月一族
- 美浓牛
- 少年检阅官
- 宛如碧风吹过

日常
- 推理要在早餐时
- 午夜零点的灰姑娘
- 会错意的冬日
- 喜鹊的计谋
- 谷中复古相机店的日常之谜

科幻
- 电子脑叶
- 复写
- 蒸汽歌剧
- 巴比伦
- 里世界郊游

悬疑
- 千年图书馆
- 鲁邦的女儿
- 狂乱连锁
- 神的标价
- 恶意的兔子
- 癌症消失的陷阱
- 沉默的声音
- 死之泉

轻文芸
- 戏言
- 忘却侦探
- 弹丸论破雾切
- 这个不可以报销
- 天久鹰央的事件病历表
- 吹响吧,上低音号!
- 宝石商人理查德的谜鉴定

contents

目录

档案 9　001
山的气息

档案 10　061
猿拔小姐和空手家小姐

档案 11　113
倾听耳语，后果自负

参考文献　233

Otherside Picnic

档案9
山的气息

1

在我还只是一名受害者的那段时间——

当时我从邪教信徒的眼皮子底下逃走,离开家,藏身于废弃的爱情酒店一隅。自己完全是一个正常人吗?我没有自信能做出回答。所以我也不知道,躺在那张用灰扑扑的亚麻布堆成的"床"上缩成一团时,为什么会把从背后抱住自己的那个非常柔软、红色的大大的人当成自己的母亲。

但不觉间,这段经历却在我心中成了温情脉脉的回忆。

天亮后我立即离开酒店回了家,之后一直独自坐在和室里,身旁放着盛有灯油的塑料桶。还记得那天直到晚上,家中一片昏暗都没人回来,尤其令人感到寂寥。

当时我这么想着——我需要火。

——被取子箱弄伤了内脏后,庆功宴要吃什么好?

围绕这一主题讨论的结果是喝粥,因此我、鸟子和小樱便来到了位于池袋西武百货的一家中华粥店。

肚子不舒服的时候就要喝粥——我们的想法很简单，但这家店的菜单里还有隔壁中药铺子监修的药膳，好像真的会有疗效的样子。

"要喝梅子粥套餐还是双拼粥套餐好呢？女士套餐好像带角煮[1]，但量会不会有点少……鸟子决定好要点什么了吗？"我问道。

"担担面看起来好好吃啊。" 看着菜单陷入沉思的鸟子说。

喂。

"不是要喝粥吗？"

"因为有油水的菜很少嘛。这家店也是，没有那种'辛苦啦''干杯——'的气氛。"

鸟子噘起嘴。

现在是工作日下午，店里大约坐了四成客人，除了我们以外都是些上了年纪的阿姨。菜单上的饮品也大多是有益身体的茶类。本来就是卖茶和粥的店，这也是理所当然的。

"进了卖药膳的地方，你还有什么好抱怨的。"小樱瞪了鸟子一眼，"总之先点杯茶吧，这里好像能免费续杯。"

"欸，这样吗？好划算。"

"中国茶就是这样的啦，可以拜托店员加水喝好多杯。"

听了小樱的话，鸟子像想起了什么似的睁大眼睛。

"啊——我好像小时候在中华街喝过！"

---

1 把鱼肉或猪肉等切块炖煮成的菜肴。

"横滨的？"

"温哥华的中华街，母亲带我过去的。"

母亲……吗。

在谈及家人的时候，鸟子的视线会有那么一瞬间稍稍看向旁边。声音也比平时更低，声线更沉静。据说人在一边回忆往事一边说话时，眼球会不自觉地转向某个特定方向。鸟子是朝左下方。或许在她的脑内地图上，那附近储存着已故家人的回忆。

难得来一趟，就点些没喝过的茶吧。这么想着，我点了冠藤茶[1]，鸟子点了山楂茶，小樱则是玫瑰茶[2]。

"méi guī 茶是什么？想象不出来呢。"

"我也不知道，但上面写着有舒缓焦躁情绪的功效就点了。"

"确实好像很适合小樱。"

"啊——我现在就很焦躁，能不能快点上来。"

不一会儿，店员端上了玫瑰茶，原来是用玫瑰花泡的茶。鸟子把她的山楂茶给我喝了一口，口感酸甜。我自己挑的冠藤茶十分清淡，意外地适口。

和茶一起端上来的茶点是南瓜子，我一边嚼着南瓜子，一边喝着温热的凉茶。这时鸟子打开了话匣子。

1　冠藤茶：鸡血藤提取物制成的保健品，呈粉末状，有滋补气血，促进血液循环的功效。

2　这里的玫瑰茶是中文写法。

"那个，小樱。冴月的笔记，之后怎么处理的？"

"放进DS研的保管库里了，为了不让任何人读到。" 小樱犹豫了一会儿回答道。

DS研——黑暗科学研究奖励协会。这个创立于90年代，名字可疑的民间组织将"里世界"称为"UBL"——Ultra-Blue Landscape（超蓝之境）并独立对其展开了调查。名字虽然夸张，实际情况却令人扫兴，现在该组织的活动仅限于保护过去的UBL牺牲者，以及尝试进行无望的治疗罢了。虽然这么说不太好，但基本上类似于败战处理吧。

在这些缩水的活动中，也包括收集来自"里世界"的物品——UB生成物（Artifact）这一项。买下我们带回来的"镜石"和"无限贝壳"等奇异物品的正是DS研。

闻间冴月在DS研工作期间失踪了。她留下的研究笔记是用一种神秘文字写的，所以之前一直放着没人管。笔记上写的大概是"里世界"的语言，念出来就会发生恐怖的现象——我们已经亲身上了一课。

"已经不能读了吗？明明是寻找冴月的线索。"

"你是笨蛋吗？那太危险了。要是没有小空鱼在，你当时就没命了。"

"嗯，虽然是那样没错……那东西，是叫取子箱来着？突然冒出来，吓我一跳。"

"只是吓了一跳的你才让我吓一跳。"

我听着鸟子和小樱的对话，没有作声。

她俩都以为当时出现的只有取子箱，但只有我知道，在念诵笔记时，闰间冴月也出现了。

鸟子所寻找的闰间冴月，正联结着位于"里世界"深处——"超蓝（Ultra-Blue）"另一侧的存在——我在取子箱解体的最后一刻领悟到了这件事，但没有告诉她们俩，也没告诉 DS 研的汀。不知道应不应该说出来。小樱似乎已经接受了闰间冴月"不在"这一事实，但在我看来，鸟子还没有放弃。搞不好她钻了牛角尖，又会独自一人去往"里世界"深处。

栖息于"里世界"的"它们"，目的正是引诱鸟子，把她和闰间冴月一样带去某个遥远的地方吧。

在我一边思考，一边不停地喝着茶的时候，菜上来了。

"哦，来了来了。"

"看上去好好吃！我开动啦——"

我们三人肚子都相当饿，在饭菜上桌的同时便扑了上去。

我点的是螃蟹粥和鸡肉粥双拼。嗯嗯，口感清淡细腻。因为盐放得少，另配了一盘干烧虾仁和榨菜，真好。

鸟子想吃有油水的，就点了角煮粥。装在大海碗里的粥加了猪肉角煮、小白菜和枸杞，还配有一碗云吞。小樱点了盛在蒸笼里的早茶套餐，蒸饺和烧卖冒着腾腾热气。

我和鸟子大快朵颐，小樱怀疑地望着我们。

"我说，你们真的没事吗？"

"嗯，好像没事。对吧空鱼？"

"很好吃啊,食欲也正常……"

我有些疑惑,但还是回答道。

自那之后只过了两天,我们却已经能享受美食了。

这件事情本身就有哪里不对劲。

蚕食女性和小孩内脏的极恶诅咒——取子箱。那是闻间冴月从"里世界"扔出来的,手榴弹似的盒子。我和鸟子把它拆解开,历经千辛万苦才从"里世界"深处生还,内脏肯定受了巨大的损伤……本应是这样的。

然而在之后的检查中,发生了令我们困惑不解的事。

没有任何异常。

CT影像显示我们的内脏没有任何阴影。没有炎症,也没有出血。血液数值也没有异常。口腔黏膜样本和尿液样本都没有查出问题。血压、视力、听力,一切正常。也就是说完全是健康的。非要说的话,我作为一名二十岁的年轻人,肝功能数值有点高,体重也比以前增加了一公斤(鸟子没有变化),但这些变化都在误差范围内。

用DS研重金购置的医疗设备进行了检查,所以不会有错。毕竟我们花了整整两天彻底检查了一遍,相当于做了个短期综合体检。

怎么说对方也是那个臭名昭著的取子箱,我已经做好留下后遗症的心理准备了,却没有看到意料中的结果,比起安心,反而觉得不安。

那么,当时那仿佛内脏被活生生啄下来般的痛苦又是怎么回事?那些诅咒具现化产生的红鸟飞进我们体内又衔出来的东西,到底是什么？

　　实际上鸟子一度在我眼前濒临死亡边缘。回想起发现她呼吸停止、脉搏停跳的那一瞬间，我现在仍然脊背发凉。

　　我们俩果然是有什么东西被啄下来叼走了吧……有什么检查不出来的，重要的东西。这样的不安感一直萦绕在我的心头。

　　虽然感觉很难受，无论如何也开心不起来，但现代医学诊断无虞的话也没有办法。我们获得出院许可后，便离开位于溜池山王的DS研大厦回到池袋开了一场庆功宴，顺便庆祝出院。但最终还是没去喝酒。正如鸟子所言，确实有点不够味。

　　"那个，从刚才开始你的手机就一直在响，没事吧？"鸟子说。我低头一看，自己放在桌子上的手机正嗡嗡震动着。

　　"没事没事，反正肯定是空手家。"

　　我姑且拿起手机看了一下，不出所料，对我进行短信轰炸的是空手家——大一的濑户茜理。在练空手道的濑户茜理与我们在猫咪忍者事件中结下了缘分，现在她是学校里唯一和我有来往的学妹。

　　入院检查的那两天大部分时间都很闲，我和鸟子便悠闲地看起了Netflix。不幸的是，看剧的间歇我不慎回复了空手家发来的短信。此后，或许是因为获得了鼓励，她向我搭话更频繁了。

　　短信的内容有"学姐现在在干什么？"（——你是我女朋友吗？）"学姐知道这个都市传说吗？"（——知道，没兴趣也不了解。）"我在附近发现了这栋凶宅，怎么样？"（——什么怎么样？）……都是些没营养的话，我的反应也相当冷淡了，对方却毫不气馁。

"我有个朋友去试胆的时候遇到了可怕的事情，学姐有兴趣吗？"

"没有。"

"我跟她说了自己之前的经历，她好像挺感兴趣的，下次我们一起听她说说吧。"

"你在干吗？不要告诉别人啊。"

"没事的，'那个'的事我不会告诉任何人。"

发完这条消息后，茜理又发来一个枪的小表情。我不由得皱起了眉头。

因为我们从猫咪忍者手中救了空手家，她好像便误以为我和鸟子是"妖怪专家"，一有机会就凑上来。

据说这个人本来就对恐怖故事感兴趣，但说实话我觉得这不是她拼命凑过来的唯一理由。我用右眼看空手家时，很明显对方的言行变得奇怪了，莫非是我影响了她的性格？不管怎样，充满行动力的怪谈狂热爱好者真的很不妙。为了体验恐怖经历而亲自去灵异地点试胆，掀翻墓碑，带走遗物……至今为止，我读过的大量灵异体验中经常出现这种突破底线的人，他们大多落得个悲惨的结局。虽然我对空手家没什么感情，但也不希望她因为自己的缘故遭遇不幸。

"我现在正在吃饭。"

用一条信息结束对话后，我开启飞行模式，把手机扣在桌上。

"这样对小空手家好吗？"

"嗯。我甚至想过不如拉黑她算了，但这么做的话在大学里也会被纠缠吧。"

"学妹仰慕着你对吧？你也稍微理理人家啊。"

"我总不能把她卷进来吧，虽然她现在已经知道的太多了。"

"虽然是这样啦……"

鸟子不满地噘起嘴。

鸟子对空手家的态度摇摆不定。对方和自己一样是闰间冴月的学生这件事对鸟子来说应该是个很大的打击。毕竟此前她一直以为自己是闰间冴月唯一的"朋友"。

然而，只要我对空手家表现冷淡，鸟子就会露出不满的表情。或许是对处境相似的人产生了同病相怜的心理吧，但这可不关我的事。鸟子和小樱时而会流露出对闰间冴月的向往，要一一去理会这些，我自己才会承受不住。

"……所以，你们俩，果然还是要再去？"

小樱问着，咬了一口芝麻团子。

我和鸟子对望一眼，点点头。

"是的，但这次不打算去太远。"

"嗯，我和空鱼讨论过了，先轻松点，试着从一个'门'移动到另一个'门'。"

"你说'轻松'，但其实离得挺远的吧。虽然走是走得到……"

在时空大叔事件中有了和我一起徒步的经验，小樱在某种程度上对"里世界"中的距离也有了概念。鸟子点点头说："这次我们要用上 AP-1，所以打算把小樱家的'门'当作进入点（Entry Point），可以吗？"

听了鸟子的话，小樱皱起眉头。

"我说'不行'的话，你们会放弃吗？随你们便。"

"谢啦。"我接过鸟子的话头继续说，"我们打算一点点扩大行动范围。目前为止都在各个'门'附近活动，难得有好几个进入点，这样就没意义了。所以，为了今后的探险，我想确定好已知的这几个'门'之间的安全路线。"

"那个世界里有'安全路线'这种东西吗？"

"嗯，没有变异点（Glitch）就算吧。"

"一边前进，一边像撒面包屑一样留下标记，之后会省事很多吧。"

"……嗯，没错。"

回答鸟子前，我一瞬间诡异地顿了一下。

确实沿路设置标记的话，以后在"里世界"的行动也会轻松很多。不靠我的右眼也能行动，不用害怕变异点。

也就是说，鸟子又能够抛下我独自一人行动了……

不，但是，就算多少设置了安全路线，其他地方依然很危险。应该不用过于介意。

"你们啊，遇到了那么恐怖的事，为什么不放弃？第四类接触者的结局有多悲惨也看到了吧？看了之后还想过去，简直令人难以置信。为什么啊？"

"嗯……还是因为'里世界'和'表世界'的意识处于不同的状态吧。"

"啊？"

"我们做噩梦的时候，在梦里虽然非常害怕，但醒来没多久之后，就算还能清楚记得梦境的内容，'害怕的状态'也已经消失了，不是吗？吓得再也睡不着这种事不常有吧。"

小樱一脸讶异，我试着向她进行说明："我觉得实际怪谈中的恐怖体验也有这样的特征。看到了不可理喻的东西，大受冲击，理应是非常害怕的，但却能回到日常生活中。和做噩梦很像吧？我之前简单地把这归结为精神的稳态所带来的结果，但很明显'里世界'会对我们的大脑产生影响，所以我们在那里时，意识的状态和在'表世界'时不一样。回到'表世界'之后，自然而然地就会想再去了。不是吗？"

小樱抱住了脑袋。

"我可不是为了让你对认知的框架进行推测才问的啊。鸟子，你呢？"

"我……果然，还是必须去接冴月。"

鸟子吃完套餐里的杏仁豆腐，放下勺子说。

"现在该怎么做，会怎么样，我不知道——但或许冴月也像小樱带我们去DS研看的那些患者一样，已经变得面目全非。那样的话，我更要去接她，因为不会有其他人去'里世界'进行搜索了。"

"我明白你的心情。虽然明白，但我也……"

小樱的声音戛然而止，似乎把到嘴边的话又吞了回去。她长叹了一口气，突然像发现了什么一样问道：

"怎么了，小空鱼？身体不舒服吗？"

被她一喊，我才意识到自己一直在呆呆地盯着自己吃完的空盘子。

"没有——没事。"

我摇摇头抬起脸。

我很害怕，害怕看到鸟子谈论闰间冴月时的眼神。

每到这种时候，鸟子的视线看的不是左下，也不是右上，而是笔直向前。遥远的视线，追寻着去往远方的闰间冴月的背影，不管眼前有什么，她都看不见。

我时常想，假如是鸟子获得了这只右眼，有了能剥去"里世界"认知面纱的力量的话会如何。

鸟子肯定已经无数次使用右眼的能力，自己一个人不断走向了"里世界"的深处吧。只顾着追逐闰间冴月，而我对她而言不足挂齿。

这么想着，我对上了鸟子的目光。

"空鱼，这次你想做什么带过去？"

"欸？"

有什么需要做的东西吗？

我十分困惑，鸟子朝我嫣然一笑。

"便当。我们说过下次去探险的时候要做了带过去的吧！"

"哦……哦哦，没错。"

我想起来了，去如月车站援救美军时，的确说过这样的话。之后因为偶然误入了好几次"里世界"就忘记了，原来鸟子是认真的吗？

"你们要去野餐？就是这样的地方才让我放心不下呢。"

小樱带着无语到极致的表情说道。

"早点出门，吃完便当之后刚好下午回来。"

我这么说，但小樱充满疑虑的眼神一点也没有放松的迹象。

2

一周后的周六，早上十点。

我们在小樱家的院子里集合，做好出发的准备。

枪已经都组装好，弹药也装填完毕。不过步枪还是一如既往交给鸟子组装了。两挺马卡洛夫、鸟子的 AK-101 和我的 M4 CQBR。有高墙和树挡着，隔壁应该看不到，但在日本的住宅区拿着枪还是让我有些紧张。

"要是现在有人来送快递什么的该怎么办啊。"

"就坚持说自己在搞野战游戏或者 cosplay？"

"要是对方纠缠不休反而麻烦吧。"

"快递员没那么闲啦，放心。"

说起来，这次我们俩都有了新装备——枪带！……没什么，就是系在步枪上，能把枪挎在肩头的带子罢了。我们参考了介绍野战游戏的博客，在亚马逊买了 Magpul 的 MS3 多重任务枪带。

我调好带子的长度，试着把 M4 挎在肩上。

"空鱼，感觉怎么样？"

"超级轻松……"

"是吧，要是早点买就好了。"

"你要是知道就早说嘛。难以想象我们至今为止，都用手拿着这么重的步枪走路。"

"我没想到在亚马逊能买到枪支配件嘛。"

和鸟子闲聊时，我提到步枪很重带着走很累，并由此得知了枪带这种东西，这成了我们购买枪带的契机。令人惊讶的是，真枪用的辅助配件竟然那么便宜，在日本也能轻易买到正品或高仿。

"子弹也不多了，不知道在哪儿能补充点。"

"冴月在'里世界'有好几个物资存放点，但只知道大概地点，我不知道能不能找到那里。从距离上来看应该离我们的行动范围不远，尽量找找看吧。"

"OK。那就把这件事加进今后的 to do list。"

我拉上双肩包的拉链，站起身来。

"那，我们去去就回哦。"

我对小樱说道。对方没有回答。

只见她双手抱胸靠在玄关门廊的柱子上，皱着眉头双眼紧闭，看上去很痛苦。

"小樱，怎么了？"

我靠近喊她，小樱深深叹了口气睁开眼，镇定地抬脚踢向我的小腿。

"好痛！你干吗？！"

"事先声明啊，每次来送别，我都做好了再也见不到你们俩的心理准备。我觉得自己也算是个薄情寡义的人了……但还是很难受。"

"小樱——"

鸟子走过去，把手搭在小樱肩膀上。身高差太大了。这么看就像年龄相差很多的姐妹一样。

"我母亲之前也经常哭。因为配偶是军人，不知道会去哪里执行任务，经常有丧命的危险。每次送行，她都想着这可能是最后一面了。"

小樱不耐烦地看着肩上的手，又把视线移到鸟子脸上。

"鉴于这令人心酸落泪的回忆，你有什么建议要给我的吗？"

"母亲她呢，参加了一个分享军人家庭烦恼的后援团，在那里获得了一些安慰。还有她喜欢画漫画，所以每到那时就会画很多发到网上……好痛！"

小腿被踢的鸟子向后跳开了。

"够了，是我不好行了吧！抱歉说了奇怪的话！"

"不要突然发火嘛……"

"烦死了——赶紧去。"

我和鸟子面面相觑。

"别那么担心，没事的，小樱。"

"就是就是。我和空鱼两个人一起，不管发生什么都能克服。之前也是这样过来的对吧。"

"我真是不能理解你那异于常人的自信——"小樱放弃了，摇摇头，"唉算了，真是的。弄完就赶紧回来。一路正常。"

她这话就像在说"一路顺风"一样。

鸟子用透明的左手抓住了"门"所在的那片空间。一开始只有指尖发生变异，不知什么时候已经蔓延到了整只左手。在阳光的照射下，那只流光溢彩的手一动，像拉开了一面窗帘，不属于这个世界的草原出现了。我们互相点头示意，齐齐迈出了脚步。穿过用园艺支撑杆圈出来的空间断面，下一个瞬间，全身被质感不同的湿润空气和独一无二的寂静所包覆。

山丘脚下竖着两根古老的图腾柱，我们出现在图腾柱中间，又一次踏入了"里世界"。

鸟子松开手，背后的门关上了，将我们与"表世界"隔绝。

风比之前凉了少许。和"表世界"一样，"里世界"也逐渐进入秋季了吗？这样下去，冬天可能要做好迎接降雪的准备。

盖着防水布的块状物坐镇门旁。解开缠绕的细绳，剥下防水布，出现了一台红白相间、带着小履带的农机。是我们的AP-1。我不禁松了口气。

"太好了,平安无事。"

"什么平安无事?"

"之前我还有点担心如果农机发生了异常怎么办。你想想,美军的机器人不也因为踩到变异点变成了怪物一样的东西嘛。"

难以想象自己在"表世界"期间,"里世界"会发生什么。要是此前鸟子没在这边藏过枪,我是不会把宝贵的AP-1留在这里的。毕竟很贵。贵到差点把我的信用卡刷爆了……

因此,现在的我身无分文。助学贷款还没还完,要是不从"里世界"带点什么回去会很不妙。

鸟子走到AP-1旁,把包放在货斗上。见她打算上车,我开口叫住。

"先帮我把防水布叠起来。"

"啊,对。OK。"

我和鸟子两人拿着防水布抖了抖,把四个角对折起来。这块布很大,光是叠就要费一番工夫。

对上我的目光,鸟子突然一笑。

"笑什么?"

"像这样张开手臂拿着防水布,两个人面对着面,有点像在跳交谊舞。"

"鸟子会跳吗?"

"会啊!在Secondary School的体育课上跳过——啊,那个,大概相当于日本的初二吧?"

"这样啊——"

"空鱼你呢?"

"好像在小学时候被叫去跳过盂兰盆舞之类的。"

怎么听都很逊啊——我一边想一边答道,但鸟子的眼睛亮了起来。

"教我怎么跳吧,盂兰盆舞。我会教你跳交谊舞的。"

"不,我已经记不清了,没法教你……"

"听到音乐一定会记起来的。"

我把叠好的防水布用绳子捆起来放到货斗上,再把自己的双肩包压在上面。

坐到座位上之前,先发动农机。响彻草原的引擎驱动声叫人安心,与此同时,想到这声音可能引起栖息在"里世界"的某些生物的注意,我不由得环顾四周。

这片枯黄野草汇聚而成的海洋中零星散落着树丛、形状特殊的岩石和带有断裂电线的木质电线杆。远处能看见摇摇欲坠的建筑物。

我看向山丘上。之前,我们还曾坐着AP-1登上那里,俯瞰东边的沼泽地——

"……"

"空鱼?怎么了?"鸟子惊讶地顺着我的视线看向山丘,"看见什么了吗?"

我注视了一会儿鸟子的侧脸,摇头。

"……没有。我刚刚在想要沿着哪条路线走。"

"到通往神保町那扇'门'就行了，对吧？我觉得横穿山丘是最短路线——"

"山丘另一边会有'扭来扭去'出现吧？虽然能对付它们，但我不想特意去让自己反胃。"

"啊，也是。"

大概是回想起当时想吐的感觉，鸟子皱着眉头吐舌。

"沼泽的水会没过脚，AP-1在水中的驾驶情况也令人担心。绕道山丘南侧，从我们遇见肋户大叔的变异点草原走吧。"

"那边会有八尺大人出现，没事吗？"

"有事，但非选不可的话就选那边。"

"这样啊……"鸟子四下环顾着说，"那要不，反正都要过去了，走没走过的路线怎么样？不从山丘南边走，绕道北边吧。"

"北边吗？"

"有什么问题吗？"

"如果是AP-1过不去的地形就糟糕了……不过算了，到时候再说吧。"

"好，就这样决定了。"

我们回到座位上。鸟子在左边，我在右边。座位中间虽然有间隙，但伸手就能够到。

"那出发啦！"

"喔——"

我吆喝一声,操纵摇杆转向。小小的履带争气地转动着,车体缓缓调整方向……

"……刚刚要是等方向调整好之后再吆喝就好了。"

"要再喊一次吗?"

"这也有点……"

终于调整好了方向。我按下摇杆,AP-1 开始前进。

3

比徒步更慢的,时速 3 公里的旅程。

周围的风景缓缓变化着,和悠闲散步是一样的速度。

离开"门"后,路途走得十分顺利,地面也相当平坦。右边是一片沼泽地,水面波光粼粼。有几处泛起涟漪、漩涡翻涌的地方,应该是变异点吧。要是看见"扭来扭去"就麻烦了,所以我尽量不仔细去看远处。

"我姑且用右眼在勘测了,以防万一你能随便扔几个螺丝钉吗?"

"OK。"

我把沉甸甸的钉袋递过去。鸟子把手伸进袋里,拿出螺丝钉和螺母扔向我们前进的方向。

附近变异点的密度很低,前进应该挺轻松的……正这么想,螺丝钉落地后，周围的地面上长出了弯弯曲曲的七彩蕨菜状物体。

"呜哇，这什么？！"

"不知道……"

遇到不明所以的东西也不是一天两天了。我告诉自己不要多想，慎重地绕了过去。

"果然不能大意。虽然再靠近点应该就能用右眼看见了，但我也不想靠太近。"

"我认真点扔好了……"

毫无疑问，"里世界"发生的事与我们的认识有着密切的联系。然而，每次遇到这些意义不明的现象时，我便越发感到事情不简单。这与实话怪谈中违反常理的地方有些不同。还是说，它们也是"里世界"和人类的认识相互作用产生的呢？

仔细观察这片广袤的草原，会发现各处的景色绝不一样。有几乎被草湮没，像墓碑一样四四方方的岩石；有朽烂的纸箱，下面窜出几根黄色电线一样的东西；还有从地面逆向生长出来的mobile吊饰[1]状物，不知道到底是人造物，还是某种植物。

有的变异点还没看到银色磷光就知道不正常，还有的怎么看都很可疑，但用右眼看去却没有一丝反常的地方。

---

[1] 丹麦的传统手工艺之一，据称灵感来自美国著名的艺术雕刻之父亚历山大·考尔德的"活动雕塑"艺术理念，用丝线和木棒吊起纸、塑料等轻薄的材料制成，受外力能活动。

我把目光投向远处，那里伫立着一座座发电塔。电线上密密麻麻地缠满了爬山虎，上面有什么三角形的东西在来来往往。是白天也会出来活动的"里世界"生物吗？又或许只是某种自然现象而已。

鸟子扔着螺丝钉，一脸严肃地开口。

"我说，我们去哪里吃便当？"

"现在就说这个？"

"因为我很期待嘛，和空鱼一起吃便当。"

总觉得最近鸟子的言行比起刚认识那会儿更像小孩子了。是我的错觉吗？

我不时回过头，确认身后的情况。

"怎么了？后面有什么东西吗？"

"没有，我在想我们走了多远。"

履带轧过草地，留下两道车辙，从 AP-1 车后不断向远处延伸。这片空白的地图上，逐渐留下了我们俩的足迹……

"空鱼，你在笑哦。"

"欸，真的？"

"虽然好像比平时紧张些，但很开心的样子。"

"别老观察我啊……"

我回答道，心中却有些恍然。

因为我一直想这么做。自从发现了"里世界"以来，一直。

在这片没有其他人，只属于我的未知草原上尽情地探险——

小樱觉得遇到了恐怖的事竟然还会再一次造访"里世界"非常不可思议，但我的动机从一开始，从遇见鸟子之前就没变过。

　　现在我仍清楚记得初遇鸟子时郁结的心情。当时"里侧"不再是自己专属的秘密基地这件事让我无比失望。而且，就在我计划着今后的探险，心潮澎湃之际，那个入口却在眼前消失了。

　　假如之后鸟子没能找到我，没告诉我神保町有那个"门"的话，失去了"里侧"的我会变成什么样呢？

　　八尺大人事件中遇到的肋户为了寻找失踪的妻子，历经千辛万苦，自己找到了通往"里世界"的"门"，但我是没有那种毅力的。现在我能这么做，也是因为有鸟子在。

　　我紧盯着在一旁扔螺丝钉的鸟子。

　　"嗯？怎么了？"

　　"没有……总觉得，能遇到鸟子真是太好了。"

　　"欸——？干吗突然说这种话？"

　　鸟子嘿嘿笑了起来。

　　我已经逐渐明白这是鸟子害羞的表现。她那金色睫毛掩映着的湛蓝眼眸非常美丽，我努力不移开目光，和那双美丽的眼睛对抗。看吧，鸟子的样子越来越奇怪了。

　　"空鱼你才是，不要老盯着我看啦，很不好意思。"

　　她转过脸去，耳朵红了。

　　这家伙看上去油盐不进，但直接夸她竟然很容易害羞。我是在上

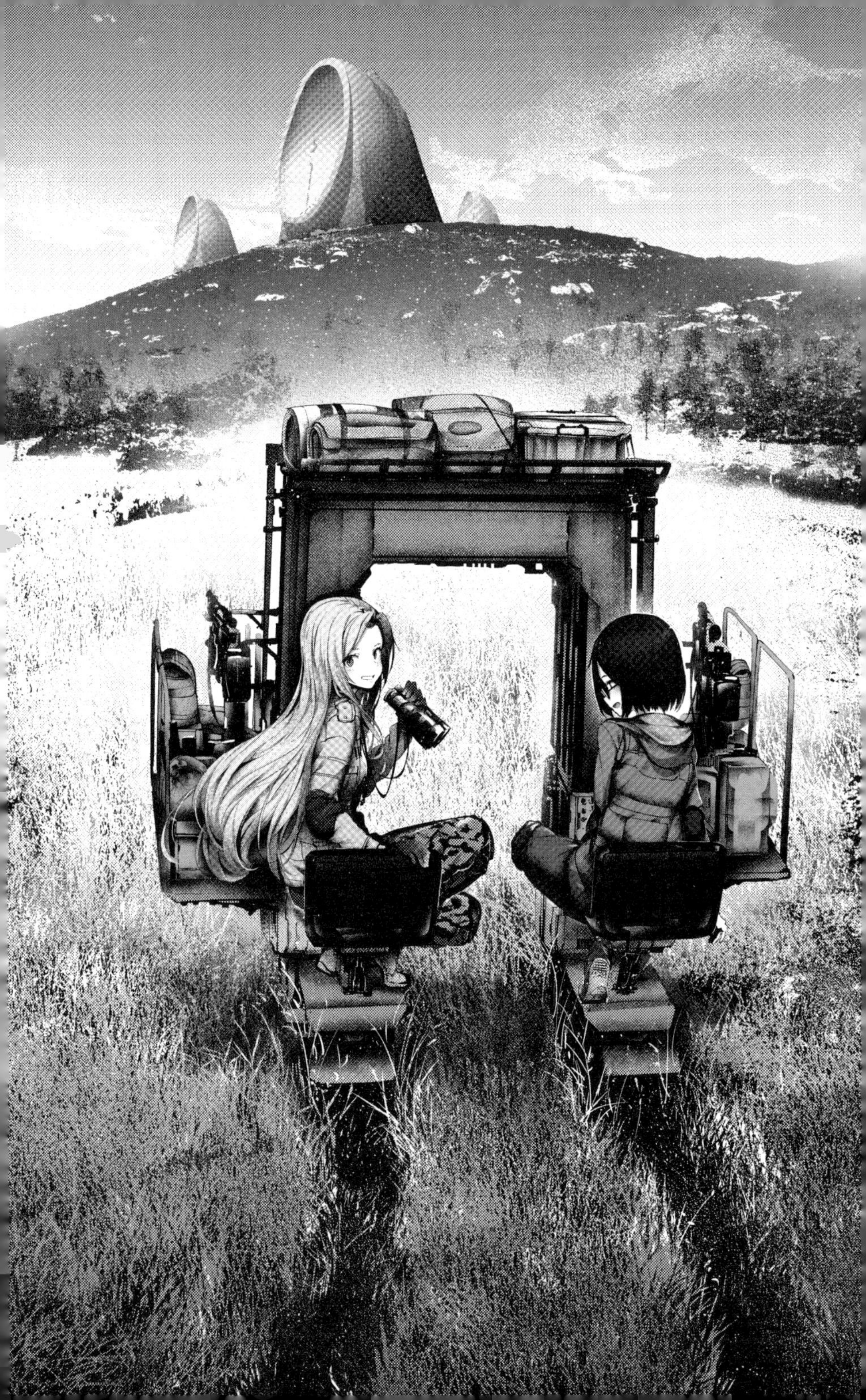

次误入冲绳海滩，换泳衣时发现这件事的。

我回过头，吞了吞口水才开口。

"像……像这样，两个人，能在未知的世界里探险，我超级开心。真的很感谢你，选中了我。"说着说着就进入了状态，话一句句地冒出来，"那时鸟子说过，我们是世界上最亲密的关系对吧？说实话我一开始想的是'这家伙在说什么啊'——"

"等、等等等、等一下，怎么了？"大概是撑不下去了，鸟子瞪圆了眼睛转过头看我，"怎么了空鱼？你今天好奇怪。"

"是……是吗？我平时不就是这样吗？"

"骗人，绝对不是。话说你没事吧？该不会看了什么奇怪的东西变得不正常了？"

鸟子露出了担忧的神情，这次换她紧盯着我了。她趁我退缩的空隙伸出右手，捏住我的脸颊，一边揉一边说：

"要是空鱼变得不正常了该怎么办？打你拽你能治好吗？喂——"

"别揉我的脸！"

我挥开她的手，差点从座位上摔下去。

"哎呀。"

鸟子迅速抓住我的手腕，把我拉了回去。

"你看——发飙就会这样。"

"都是你的错啦！"

我的反应让鸟子咯咯地笑了起来。

"太好了,是平时的空鱼。"

"为什么一直要揉我的脸啊,那么喜欢看别人奇怪的表情吗?"

"嗯——因为空鱼表情很凶,就想把你变回去,一不小心就……"

"有那么凶吗?"

"刚才总觉得,你绷紧了脸的样子。"

哈?你的脸绷得比我紧好几倍吧……在找碴儿吗?

我带着微妙的恼火心情向后瞥了一眼。除了绕开变异点拐的弯之外,履带的车辙几乎是笔直的,只有刚才玩闹时就像喝醉了一样左右摇摆。

不知不觉间,右边的沼泽地逐渐变浅,最后戛然而止。地势成了向上的缓坡,前方出现了稀疏的杂树丛。

"再往前一点就拐弯吧,之后笔直向东边走,就能到达神保町的那扇'门'了。"

"好的队长——什么时候吃便当呢?" 鸟子举手提问。

"到'门'那边再吃不就好了。"

"哎——到了目的地不就没有气氛了嘛。在半路上找个地方休息一下啦。"

AP-1缓缓地,稳稳地向着坡上驶去。不管怎么说,有了交通工具之后果然不累了,真好。前面那片树林的地面看上去没什么坑洼,应该能就这么从树木间穿过。

"气氛啊,那就在这附近随便——嗯?"

发现树丛前方有什么庞大的东西，我眯起一只眼睛瞄着。

"鸟子，那个是不是建筑物？"

"啊……真的耶。"

"而且，这个声音——"

侧耳倾听，能听见重物不断摩擦发出低沉的声音。

我和鸟子对望了一眼，点点头。鸟子拿起 AK 检查枪膛，然后把枪架在货斗的架子上，面向前方摆出了警戒姿势。我也检查了一下 M4 的子弹。

AP-1 再次向前驶去，不一会儿，隐藏在树梢间的建筑物就现出了全貌。

这是一幢水泥浇筑的高大建筑。外墙已经破破烂烂，四处长着青苔和野草。建筑顶端是一个厚厚的圆盘，足有一层楼那么高，整个表面覆盖着玻璃。

圆盘缓缓旋转着。刚才我们听到的"滋滋滋……"的低沉摩擦声正是它发出来的。

我们停下 AP-1，抬头仰望着这幢建筑。

"空鱼，你觉得这是什么？"

"是观景台吧？"

我干脆地答道。鸟子睁大了眼睛。

"你怎么知道的？"

"秋田县有个地方叫寒风山，我上小学时郊游还是什么的去过。

记得那里就有这样的旋转观景台。"

"旋转……它确实在转呢，有危险吗？"

"从这里看不到疑似变异点的东西。"

我们一边观察情况，一边开着AP-1靠近了它。

在周围绕了一圈，找到了大敞着的入口。于是我们下车细看。里面空荡荡的，只有一段带扶手的楼梯，顺着中央的支柱向上盘旋而去。

我熄了火，观察了一会儿情况。除了头上观景台旋转的声音以外，没有其他会动的东西。

"好像没有危险。"鸟子放下AK说，"要不要上去看看？在观景台上有利于看清四周，而且——"

"正适合吃便当？"

"真聪明！"

我接着她的后半句话说道，鸟子高兴地笑起来。看来她是无论如何也要吃这个便当了。

4

上一次踏入"里世界"的建筑物内部，还是有八尺大人的那栋大楼。这幢建筑外壁破烂不堪，里面却空空如也，没有使用过的痕迹。如月车站、时空大叔事件中的鬼城和冲绳的海之家等都像从"表世界"直接搬过去的，但这座展望台的细节看上去十分粗糙。就像"建筑物的仿品"一样。

混凝土楼梯非常结实，踏上去也不会崩落。金属扶手上的涂层已经褪色发脆，戴着手套一碰就轻易剥落，露出里面的铁锈色。

以防万一，应该让擅长用枪的鸟子走在前头才对，但没有我的右眼，她可能根本看不到"万一"。因此，我们俩肩并肩挤在狭窄的楼梯上向上爬。

我把步枪用枪带背在身后，举着马卡洛夫，悄悄探头看向楼上。

"嗯，好像没有变异点。"

"OK，上去看看吧。"

我们走进了展望室。

整面墙都是窗户，所以展望室里异常明亮。光秃秃的水泥地面上散落着小石子和玻璃片，窗边稀稀拉拉地并排摆着几张金属长椅——

正看到那里，只听身边的鸟子发出了惊讶的声音。

"谁？！"

我猛然回过身，映入眼帘的是斜靠在展望室中央柱子上的一个人影。

我跳起来用枪对准它。人影一动不动。它全身穿着肥肥大大的衣服，头上也戴着带面罩的头盔，看不到脸。怎么看都是——

"……宇航员？"鸟子惊讶地轻声说。

"还、还活着吗？"

"看上去不像。"

她把 AK 换到另一只手，用枪口凑近了对方。没有反应。鸟子探过枪口，把面罩掀了起来。

里面是空的。

"是具空壳。"

我都做好和尸体 say hello 的思想准备了，不禁安心地出了口气。

鸟子抽回枪，让面罩恢复原状。

"这也是误打误撞从'表世界'进来的吗？"

"从宇宙？"

"谁知道呢。"

向上看去，天花板并没有破洞。只有日光灯管的插口。

鸟子蹲下身，开始检查航天服。

"虽然写着什么……但在这边看不懂。"

这么一说，确实到处都是乱码的文字。

"嗯——都不知道原来是哪国语言。"

"虽然我不太了解这些，起码看上去不像是日本或者美国的航天服。"

听我这么说，鸟子伤起了脑筋。

"说到底这真的是航天服吗？说不定是防护服之类的。"

"你说防护服，是防什么的？"

"比如说化学武器什么的。"

"啊——"看着双脚随意瘫放在地上的航天服（？），我心头莫名涌起一股不安，"……里面的人不知道发生了什么。"

"也没有奇怪的味道，感觉不是穿着它死的。"

"是脱掉航天服离开了吗？"

"又或者是羽化之后飞走了之类的。"

"羽化成什么……"

苦思冥想也无济于事。至少它好像不会袭击过来，于是我们把它放在一边，看向了其他地方。

房间的角落里倒着一个旋转架子，旁边散落着褪色的明信片。有水彩风景画、欧洲街角的照片、狗和马匹等。平平无奇的明信片中，偶尔夹杂着陌生的全家福和证件照似的半身照。虽然看不见银色的磷光，我还是随意挑了几张放进密封袋里。但愿它们能让我挣点钱。

房间里还配有很大的望远镜，不愧是观景台。望远镜是投币式的，但我没有尝试的欲望。要是一不小心镜头拉近，看见了"扭来扭去"就惨了。

在室内检查了一圈后，我再次走向窗边，向外眺望。

"景色真好啊。"

"不，也没那么好吧。"

鸟子这话说得随便，我不禁开口吐槽。

实际上这座观景台坐落在类似平原地带的地方，因此大部分景色都被四周环绕的树木枝丫遮住了。

向南看去，沼泽地附近是我们刚刚离开的丘陵。东边是这次的目的地，通往神保町的"门"所在的骨架大楼。北边不远处就是山，山上树木丛生。向西能远远看见桥梁似的东西。

话说回来，这个旋转观景台一直在转……它的动力是从哪里来的呢？在如月车站时也有明明没电但不知为何却亮着的电灯泡。它周围没有银色的磷光，大概不是变异点或者 UB 生成物（Artifact）。

"那，既然安全了，来吃便当吧。"

鸟子雀跃地说，我半信半疑地看着她。

"真的要在这里吃吗？"

"不行吗？"

"也不是不行……你不觉得放松不下来吗？那道视线——"

"视线？谁的？"

"啊，不，那个……"

我回过头，目光落在展望室中央坐着的航天服（就当它是航天服吧）上。它的面罩上映出了我们俩的样子。

"哦哦，原来如此……OK，那，这么办吧。"

鸟子转身走向航天服。她弯下腰，抓住航天服的腋下部分，把它一点点拖到旁边。

"欸，干吗？你、你要拿它怎么办？"

"因为你觉得它在看你才放松不下来啦。我们让它坐在这里——"

我目瞪口呆，鸟子让航天服坐在了面向窗的一张长椅上。她自己一屁股坐在旁边，搭着空荡荡的航天服的肩膀竖起了大拇指。

"你看，这样如何？这样它看上去就像个在观景台惬意欣赏风景的人了。"

鸟子满足地说。我盯着她看了好一会儿，摇摇头。

"鸟子你啊，有时候真的是不太正常。"

5

我们俩坐在航天服隔壁的长椅上，从双肩包里拿出便当，打开包袱布。

鸟子带的是放在小篮子里的三明治。篮子里铺着彩色餐巾纸，看上去很漂亮。她一一用手指着，向我介绍三明治的夹心。

"这边是火腿、芝士和黄瓜，这边是奶油芝士。这个是花生酱和草莓果酱的。这边是榛子巧克力酱的，还有这些。"

鸟子接着打开两个保鲜盒，里面分别放着鸡肉沙拉和切好的水果。

"你又带这些洋气的东西来。"

"什——么啊？这些很普通哦。空鱼带了什么过来？快让我看看。"

"唉！真是的，知道了啦。"

鸟子喘着粗气盯着我打开自己带来的保鲜盒，假如她有尾巴大概会疯狂摇动吧。

"没什么好值得期待的……"

我带的是鳕鱼子饭团、炸鸡、毛豆羊栖菜沙拉、凉拌菠菜豆腐、卤汁肉丸。看到保鲜盒里的东西，鸟子发出了欢呼。

"好厉害，是真正的便当！你自己做的吗？"

"……冷冻食品。还有半成品，以及超市卖的熟食。"

"这些饭团呢？"

"只有饭团是自己做的。"

"我就知道！总觉得很有空鱼的风格。"

啊？哪里？

鸟子没理睬困惑的我，笑眯眯地从包里拽出水壶。

"我带了咖啡，你要喝吧。"

"啊，嗯。太好了。"

把咖啡倒进纸杯，熟悉的香气并着热气袅袅升起。

说起来，我没想过要带饮料。光带水就已经够重了，我不想增加多余的重量，不过有了AP-1，今后或许可以多考虑点这方面的需要。

"我开动了——"

我们用我带来的塑料盘和一次性筷子互相分着吃起了便当。

"饭团很好吃哦，空鱼。"

"谁来做都差不多啦，不过还是谢谢你。"

"没这回事，里面有空鱼的味道。"

"我是用保鲜膜捏的哦？"

"欸，是吗？我做三明治的时候倒是没用保鲜膜什么的。"

"不,这个……做三明治不用吧?"

我想象了一下鸟子用透明的手切面包,再把食材夹进去的情景,感觉有点好玩。要是小樱看见了,大概会抱怨"别光着手做啊"之类的吧。

不管是冷冻的炸鸡还是半成品肉丸,鸟子都一边说着"好吃好吃"一边吃了下去。这还要感谢食品公司研发产品付出的努力,与我的手艺无关。

"啊,对了。"

鸟子放下筷子,拿出一个没用过的纸杯倒了点咖啡,站起身来。她走向旁边的长椅,把纸杯放在注视着窗外的航天服旁边。

"分给他吗?"

"嗯,总觉得只有我们自己在吃不太好。"

"那我也来。"

我拿出另一个纸杯,放了点凉拌菠菜豆腐,把它放在咖啡旁边。还把多出来的筷子分了一双给它。

"总觉得像供品一样。"

"说不定会有福报哦。"

我一边望着窗外一边走回自己的长椅。观景台在不断旋转,外面的风景也缓缓变换着。下方是丛生的树木,枝叶呈深绿色。午后和煦的阳光在窗边的地板上投下格子状的阴影。

——咦?

总觉得有什么让人耿耿于怀,但又说不出来。

"喂，我要把最后一块炸鸡吃掉了哦？"鸟子先坐直了身子说道。

"啊，嗯。把那个三明治留给我吧，还以为花生酱加草莓果酱的三明治会很齁，没想到还挺好吃的。"

"花生酱有甜的和不甜的两种哦，我从小就喜欢吃这个。"

"这样啊，我是第一次吃，很好吃。"

"太好了，那我下次再做。"

本来便当的量也不多，两个人很快就吃完了。

"心满意足了吗，鸟子？"

"嗯，虽然还能再吃。"

"要是带点汤料来就好了。"

"好主意！带炉灶来还能烧开水。"

"那不是也能泡面了？"

"下次挑战一下做饭吧。"

感觉好像在讨论露营计划，但我们所在的可不是某个公园，而是"里世界"。正如小樱所言，虽然说得有点晚了，但这么悠闲野餐的人脑子肯定有点问题。

"空鱼，要再来一杯咖啡吗？"

"啊，嗯。说起来，我记得之前在那家中华粥铺买了月饼。正好我们两个人分了吧。"

"小空鱼最棒了！"

"我也这么觉得。"

收拾好空保鲜盒和篮子,我们把月饼分成两半,就着咖啡咬着月饼,坐在长椅上呆呆地望着外面。

感觉有些懒洋洋的,我问道:

"鸟子,为什么你那么想吃便当?"

"嗯——?因为很开心啊。"

"确实挺开心的。但你在去冲绳海边的时候也是这样,有时会变得很执着。热衷于在'里世界'冒险的人不是我,而是你。"

"是吗?"

"是的。"

鸟子沉默了一会儿,突然冒出一句。

"总觉得,很不甘心。"

"什么?"

"在被冴月带到'里世界'的时候,说实话,我当时什么都不懂。不知道这里到底有多恐怖,多不正常。也不知道除了我们之外还有什么东西在。所以,看到了陌生的世界,我只是兴奋不已,想着接下来要做什么——结果什么都来不及做,冴月就消失了。"她垂下眼睛接着说,"我一直很不甘心。在和空鱼结伴同行后,我不再忍耐了。想和你两个人做完所有想做的事。所以可能有些勉强你,对不起。"

"不是的。"我摇摇头,"我理解你的不甘心。虽然跟我有点不一样……在面临某种压力的时候,绝对,不能陷入被动。"

"什么意思?"

"我之前不是说过吗？在我的老家，家里人都因沉迷于奇怪的邪教而死。啊，因为妈妈早就死了，所以家里人不包括妈妈。当时我差点被绑架去进行某种宗教仪式，也给学校添了很多麻烦——"

说话间，鸟子的脸上笼罩起一层阴翳。

"咦？我没说过吗？"

她摇头。

"这样啊，不过也不是什么需要特意说的事情。总之我逐渐开始感到不爽，为什么自己的人生要被这些家伙摆弄啊？所以，我放弃了'受害者'的身份。"

"……什么意思？"

"不管是从邪教组织手中逃走，还是跟他们对抗，只要我还想着自己是个可怜的受害者，我的人生就逃不出他们的支配。所以，我改变了想法。他们和我的人生毫无关系。我的人生掌握在自己手里，阻碍我的东西，我就全部毁掉，仅此而已。"

"然后……后来呢？"

"后来鼓足了劲儿却没使上，在我行动之前他们就都死了，邪教组织也全灭了。结果 All right 的感觉吧。"

"……"

说着说着，心头的疑问似乎得到了冰释。

只要自己想，就能做到放弃"受害者"的身份。

但不是受害者的话，自己又是什么身份呢？这个问题当时还没有答案。

受害者和加害者并不是对立的概念,但总觉得自己处于两者之间,没有着落。

这时鸟子出现了,对我说了那句话。

——共犯。

一开始我没能理解这个概念,然而不知从什么时候起,它已经成了对我来说非常重要的存在。

因为这一句话,鸟子给了我一个新的归宿。

发现鸟子一直没说话,我慌了神。

"啊,抱歉,说了些无聊的话。我想说的是——"

话说到一半,鸟子突然抱紧了我。

"呜呃!"

"……"

"鸟、鸟子同学?很难受啊。怎么了?"

"对不起,我什么都不知道。"

"不是……不知道不是很正常嘛,我又没告诉过你。"

说起来,我之前好像是对小樱说过来着。小樱没告诉鸟子啊。

鸟子一直抱着我不放。我的话好像吓到她了。她的发丝散发着洗发水的香味,身上甜甜的味道让人感到平静。

但是,是什么让她那么震惊呢?

我拍着她的后背,看向窗外。红色的晚霞从旋转观景台外面缓缓流过。

"……嗯?"

下一个瞬间,我意识到了。

"鸟……鸟子!好像不妙了。"

"欸?"

"太阳要下山了!"

鸟子放开我,回过头去。她瞪圆了眼睛。

"骗人!应该没这么晚的。"

"我们马上出去,必须在天色暗下来之前到'门'那里去!"

我们慌慌张张地收拾了东西,跑下楼梯。冲出了大敞着的入口。

"欸……?!"

我不禁发出惊呼。

停在建筑前面的 AP-1 不见了。

就在我们呆呆站在原地的时候,透过头顶交叠的树枝,天色正在飞快地变暗。

夜晚要来了。恐怖的,"里世界"的夜晚。

6

"空鱼,对不起,我没发现过了这么久。"

"不……不可能这么快入夜的。调查观景台内部,吃饭,合起来最多也就花了一个小时吧。"

此前我一直以为"表世界"和"里世界"时间流逝的速度应该是一样的,是我搞错了吗?

树林里已经十分昏暗,几乎看不到前面。起风了,头顶的树枝沙沙摇动。

我从双肩包里取出手电筒打开,圆锥状的光舔舐着树木和地上的杂草。

"那个,鸟子,这附近之前有这么多树吗?"

"我也觉得奇怪,来的时候树木明明很稀疏的。有这么多树,AP-1也过不来吧。"说到一半,鸟子猛然一惊,端起了AK,"等等,也就是说,这些树都是怪物?正在悄悄靠近我们?"

我把意识集中到右眼,环顾四周。

"好像不是,都是普通的树,不知道是山毛榉还是橡树。"

"那为什么和我们来的时候不一样了呢?"

用手电筒向下照去,光照在了地面上。看不见履带在草地上留下的车辙。而树丛缺了一部分,出现的是一条漆黑的山路。

"这……该不会出来和进去的不是一个地方?"

"这栋建筑只有一个出入口吧?"

"嗯,可是……"

我回头看向身后的建筑物。注视着漆黑的入口,再向上看去,圆形的展望室不断旋转,发出沉重的声音。

"说不定随着观景台的旋转，出口也会发生变化。与其说是场所，不如说是状态？相？之类的。"

"我不太懂。"

"之前——鸟子丢下我一个人出走的时候，我在变异点里看见了'里世界'的'相'变化的过程。鬼城里的某种生物一下子变成大叔，一下子又变成了植物。或许我们在那个观景台里面的时候也发生了一样的事，导致周围的森林变得茂密，时间流逝，到了夜晚。"

"这个观景台把你说的那个什么'相'，像电梯升降一样移动了？"

"刚才我在上面向外看的时候，一瞬间觉得有点奇怪。感觉森林比一开始要更茂密些。要是当时就意识到这件事可能还——"

"嘘。"鸟子低声打断了我，"有什么声音。"

"……"

我和鸟子并肩而立，也握住了步枪，噤声侧耳听着。

是真的。能听见断断续续的声音，就像空气从一个很大的袋子里漏出来。那声音听上去像是在说：

"转……操……灭……"

啪嗒，啪嗒——传来拍打柔软物体的响声，有什么东西沿着山路走了下来。

"转……操……灭……转……操……灭……"

不停地，不停地重复着。

听到这句经典台词，我已经知道这是什么了。

"……是'山之件'。"

我把枪口对准山路，打开保险。因为左手拿着手电筒，握住前握把花了点时间。鸟子也依样画葫芦地一边做一边问道：

"'山之件'是什么东西？"

"简单来说，就是会附身在女性身上的怪物。"

"又是？取子箱也是，以女性为目标的鬼怪有点太多了吧？"

"山之件"是一名男子载着坐在副驾驶座的女儿兜风时，在山路上遇到的鬼怪。

它一边重复着"转操灭"一边靠近车辆，附身在女儿身上后就消失了。男子为了拯救失去了理智的女儿，下了山，赶赴附近的寺庙。

然而——

"转……操……灭……"

声音越来越近，声音的主人出现在了山路入口处。

手电筒的灯光中，浮现出一具惨白扁平的身体。和人的身体很相似，没有头，但胸口处却长着一张巨大的人脸。它正用仅有的一只脚从山路上啪嗒啪嗒地跳下来。

"呜——哇。"

鸟子害怕地低声说。胸口那张脸上浮现出狰狞的笑容，让人一看就感到厌恶。

人类在面对有着人类的器官，却发生移位、缺损、重复等情况的生物时，会感到恐怖。比如中国的《山海经》里出现的刑天，老普林尼在《博物志》里描绘的无头人（Blemmyes）、独脚人（Skiapods）等异境之民。或许"山之件"也与这些异形系列有关。

"山之件"停了下来，眼睛滴溜溜地转向我。

"转缲……操仪……灭尽……"

说着，又转向了鸟子。

"转老……操魈……灭起物"

什么？它在说什么？

我感到疑惑，一瞬间露出了破绽。趁这时，"山之件"突然动了起来。

它用一只脚毫无章法地跳跃着，发怒般挥动着双手，全身扭曲、颤抖，以惊人的势头冲向我们。

我和鸟子都不由得僵在原地。它的动作实在是太恶心了。至今为止我们在"里世界"遇到了各种各样的怪物，但动起来这么骇人的还是头一次遇见。就像一只长着很多脚的虫子被喷了杀虫剂之后在痛苦地翻腾蠕动，这绝不是有着人体器官的生物能做出来的动作。

我们被它的恶心所震慑，这时"山之件"已经来到了眼前。异样的动作倏然停止。那本就令人难以直视的脸笑得越发狰狞，我终于忍耐不住——

"呜啊啊啊！"

我一边尖叫一边扣下了扳机。M4枪口的火舌在黑暗中闪烁，瞬间染红了周围的树木。突然间,惨白的躯体消失无踪。与此同时,异样的冲击感蔓延至全身,就像撞到了什么有弹性的柔软的东西。

弹壳掉在地上,硝烟的味道冲进鼻腔。

"山之件"不见了。

"鸟子,你没事吧?"我想这么说,但从口中吐出的却是——"进来了。"

"欸?"

鸟子看着我,露出了讶异的神情。

"你刚才说什么?"

"进来了。进来了。进来了。"

啊啊,可恶,中招了。

被"山之件"附身了。

我想告诉鸟子这件事,嘴里却不受控制地念叨着"进来了"。

就像酩酊大醉的人一般,思绪云里雾里。视野似乎变得狭窄,自己的存在,从一端开始消融。

与此同时,一种新的感觉掺了进来。眼前的鸟子扭曲了,双手双脚的比例变得奇怪,身体歪歪扭扭,辨认不出脸上的五官。我向下看去,发现自己的手脚也变得非常扭曲,逐渐分不清从哪里到哪里是自己的身体了。

像是手的部位从末端与躯体分离,啪嗒一声掉在地上。身体正在四分五裂——受到惊吓的我发出了惨叫。

"进来了进来了进来了进来了进来了——！"

"空鱼！你怎么了？"

一个巨大柔软、弯弯曲曲的金色物体抱住了我。

"振作一点，空鱼。"

或许是被这声音和香气所吸引，我那几乎溺死在疯狂当中的意识浮出了水面。我一把抓住鸟子，拼命让嘴巴动起来。

"手。手，掉了。"

"手？不是啊，只是枪掉了而已。"

仔细一看，掉在地上的不是我的手，而是M4和手电筒。

"没事吧？什么'进去了'？"

"被、被附身了——被'山之件'！"

和小樱一起穿过沼泽地时，我有一瞬间从"扭来扭去"的视角看到了自己。和当时一样，这次是"山之件"的视角潜入了我的认识当中。情况比当时更恶劣，"山之件"已经在我身体里了。

用右眼锁定住，再用枪射击，这是我们打倒"里世界"怪物的方法。但如果怪物进入了体内，就不能这么做了。

"OK，该怎么办？"

我思考着鸟子的问题。要看到自己体内的"山之件"……要看到自己……

"上……上面。"

"欸？"

"回去,上面,回去。"

我试图回头朝观景台走。但不确定自己的脚在哪儿,差点摔倒。

"带你到上面去就对了吧?现在把枪给你,能拿住吗?"

我想点头,但不知道自己能不能做到。

被鸟子猛地一拉,身体的感觉断断续续地回来了。鸟子让我搭着她的肩膀,半拖半拽地把我带到了建筑内部。

我们在穿过门的那一刻停下了脚步。

建筑内部的装潢和刚才不一样了。明明应该是煞风景的水泥空间,现在地板上却铺满了榻榻米,四面的墙都是纸拉门。装饰的鸭居[1]对面似乎还有其他房间。和风建筑中央是一根鲜红的柱子,上面靠着一件奇怪的物体,用卒塔婆[2]、牌位、烛台和法磬[3]等法器堆成,高达三米以上,顶端放着个古老的木鱼。那个物体突然怒吼道:

"你干了什么!"

"和、和尚?"鸟子茫然地嘀咕了一声。

——在鸟子看来,原来是和尚啊。

我在恍惚中明白了。

关于"山之件"的体验谈中,父亲为了拯救被附身的女儿冲进了寺院里。寺院主持开口说的第一句话就是——"你干了什么!"

---

1 门框上端的横木。

2 立在坟墓后面,上面写着梵文经句的塔形木牌。

3 佛教寺院中所使用的一种乐器和法器。

遇到恐怖事件的当事人经常莫名其妙地被祖父、住持或神主等"知道内情的长者"训斥，他们会说"你做了不可挽回的事"等，让你越发害怕，这也是怪谈的常见套路。这东西在鸟子看来可能是和尚，但在现在的我看来不过是一座垃圾山而已。明明我没有把意识集中到右眼，这是为什么呢？

——原来如此，我懂了。

从刚才起，我就无法辨认人类的样子。因为进入我体内的"山之件"扰乱了大脑对人体的认识。在如月车站遇到的怪物能通过类像效应，让我们把它的身体看成人脸，这次的怪物和它恰恰相反。

一定是人类为了认识"人形"，在 OS（操作系统）中也配备了和面部识别功能一样的"体型识别功能"，而"山之件"正在攻击这一功能。所以在我看来，不只是自己的身体，就连鸟子的身体也扭曲了。

所以这位"住持"在现在的我看来也不是人类，而只是"物体"罢了。

我把意识集中到掌心的触感上，发现自己还握着 M4 的握把。我试图举起一只手，却感到格外沉重，仿佛身体要失去平衡一般。好不容易把枪口对准那个"物体"，扣下了扳机。

枪口吐出子弹，同时枪身猛地一震。被击中的"物体"变得四分五裂，砰然散落在榻榻米上。

"……不是，人类吧？"

鸟子用僵硬的声音询问道。我已经没力气回答，只是摇着头。在这种地方怎么可能会有正常人。

鸟子扶着我爬上了螺旋扶梯。我们俩的身体看上去都像黏土做的一样歪歪扭扭。不集中注意力的话，便会与周围的墙、楼梯扶手和自己身上的服装、装备融为一体。

总算爬上了展望室，我瘫倒在地。

我抬起头看向窗户，试图辨认出自己反射在玻璃上的样子。微弱的光线下，地板上弯弯曲曲的恶心块状物正在蠕动……这就是我吗？

我用右眼看向窗玻璃上的镜像，试图让自己的姿态回归正常，然后我愣住了。

不行。再怎么用右眼看自己，都没有丝毫变化。

OS——大脑的人体识别功能被控制的话就束手无策了吗？

恐惧涌上心头，几乎要把我压碎，我紧闭双眼。

"山之件"会附身在人身上。被附身的人最后会如何，我所读过的体验谈中没有提及，但现在我能够想象出来。

"我"这个存在会消失。假如从哪儿到哪儿是自己的身体都完全分不出来了，那我也就无法保持自我——

我会溶解。会消失不见。皮肤消失后，身体会一点点崩坏。留下的只有恐怖，一切都被疯狂的浊流所吞没。

忽然间——意识浮了上来。有什么温暖柔软的东西正在触碰我的表面，描摹着我的轮廓，如同在周围的地板和空间之间画出分界线一般。

我把注意力集中在这种感觉上。渐渐地，手脚的感觉呈点状恢复了。就像在拼七巧板一样，我的形状一点点变了回来。

抚摸着我的身体的，是……鸟子的手。

"空鱼，能感觉到吗？对，慢慢呼吸，听得见我的声音吗？"

鸟子用沉着的声音在我耳畔低语。

"鸟、鸟子、鸟子。"

"是我。没事的，不用着急。"

触摸着我的是鸟子的左手。她脱去了手套，用透明的手轻抚着我的头顶，触碰着我的脸，从脖子到手臂，就像按摩一样向下抚去。左手所及之处慢慢地恢复了人形。

"鸟子，你做了什么——怎么做到的？"

"我想，空鱼一直用右眼做的事，我说不定也能做到。"

她说着，不只是左手，双手都顺着我的后背向下抚摸。然后停住了，手掌在我的背上四处碰着，像在寻找什么。

"有什么东西……"鸟子聚精会神，低声自言自语着，"不好意思冒犯了。"

话音刚落，我的衣服突然被向上卷去，露出了后背。

"呜喔喔？！"

"抱歉，稍微碰一下。"

慌了神的我发出大叔似的声音。鸟子没有理会，用左手抚摸着我后背的皮肤。好凉——说起来，我几乎没有被这只左手直接碰过。鸟子大多数时候都戴着手套是一个原因，或许她自己也有所顾虑。

在我后背上探寻着的左手突然停了下来。

"是这个。"

"欸？"

还没来得及作出反应，后背传来的冲击让我向后撅去。

"等——？！"

啪！又一阵冲击。鸟子正拍打着我的后背。

"痛！我都说好痛了！"

"忍一忍。"

后背火辣辣的，不断遭受着抽打。

"这家伙……真顽固……"

"你在干吗？呀、快……快住手——"

鸟子没有理睬我的悲鸣，啪啪地不停打着。

她是认真地在打。奋力挥起打下来的手让我不由得痛呼出声。但不管我怎么喊，鸟子都没有停手。这家伙该不会打上瘾了吧？正当我泪眼婆娑，开始产生怀疑时，鸟子气喘吁吁地叫道：

"这一下……怎么样！"

啪——至今为止最痛的一掌在我的后背正中炸开了。冲击让我背过气去，咳嗽间，有什么东西从嘴里飞了出来。

啪嗒一声掉在水泥地上的，是一只白色的蛞蝓状生物。它的前端如同钉耙，长着两个凸起，就像两只手臂，大概是尾巴的地方像海螺的里面一样弯弯的。

"就是它！在空鱼身体里的就是这个！"鸟子叫道。

是这家伙吗……！

我用含着泪的右眼看向白色蛞蝓，摸索着枪……

这时，鸟子的鞋在我眼前把蛞蝓踩得稀烂。

"欸……"

"啊，一不小心……"

她轻轻抬起脚，稀烂的蛞蝓在地板上一跳一跳地抽动着。

手脚的感觉都回来了。我把卷起来的衣服拉好，好不容易才站起身。我吸了吸鼻子，擦去眼泪，终于能利索地说话了。

"啊——谢谢你，鸟子。"

"太好了，一切顺利。"

鸟子一边扇着左手一边回答。

整个后背都火辣辣地痛。现在要是照镜子，肯定布满了红色的手印吧。

"你有什么能当燃料的东西吗？"我从包里拿出火柴问道。

7

因为没有合适的燃料，我把周围散落的明信片拿来烧了。把干燥的纸片撕成小块，点着了火。被小小的篝火炙烤着，蛞蝓迅速收缩成一团。我看着它烧得焦黑了才灭了火，再次仔细把它和篝火一起踩碎。

在这期间，旋转观景台仍然在缓缓转动。窗外逐渐发白，又一次来到了下午。

"啊，空鱼！来了来了。"

我正在观景台另一边望风，听见鸟子的声音连忙奔过去。

下面停着的，毫无疑问是我们的AP-1。

"它出现的方式很奇怪，就'咕啾——'地一下。"

鸟子做出一个拉年糕的动作。我出了口气，感觉全身的力气都流走了。

"太好了……虽然有我和鸟子在的话，或许能在哪儿找到'门'回去——"

"但AP-1是独一无二的呢。"鸟子拿起双肩包，迈出了步子，"走吧。再不快点，又要错过咯。"

我也背起自己的东西。

我们快步跑下楼梯。展望室下方看不见任何法器的影子。我们离开空空荡荡的建筑，来到阳光下，冲到AP-1旁边。

我们发动引擎，跳上座位。

"赶紧逃离这鬼地方吧。"

"明白。"

AP-1全速出发。

……以3公里的时速。

我们在和来时一样稀疏的树林中,朝着东边前进。

"……那个,空鱼。"

"在。"

"这辆车能在恶劣的地形下行驶是挺不错的,嗯——能不能再……提升点动力之类的呢?"

"……要是能就好了。"

AP-1以散步般的速度前进着,旋转观景台逐渐远去。我最后回头看了一眼,坐在窗边的航天服的面罩反射着"里世界"的阳光,看上去闪闪发亮。

之后风平浪静。虽然速度很慢,但我们平安抵达了目的地——骨架大楼,并把AP-1停在了一楼。

我们顺着梯子爬上十楼,每次光爬这个运动量就很大了。站在屋顶上,靠着栏杆眺望四周。好久没来到这里了。

针式手表上的指针正指向快四点。在"里世界"虽然读不懂表盘上的数字,但通过判断指针的位置还是可以看时间的。

"鸟子,看我的表,从我们进观景台到现在只过了大概四个小时。"

"我也是,感觉就像是过了一夜一样。"

"果然那幢建筑本身就有问题。"

也就是说，如果我们想的话，或许可以活用那里，把它当作在"里世界"的不同"相"之间移动的手段。

"莫非冴月之所以会不见，也是像那样去了其他地方吗？"

鸟子喃喃自语了一句，我装作没听到。

"总之，今天先回去吧。主要目标已经达成，对两个大病初愈的人来说已经很棒了。"

"……说的也是。"

在我的催促下，鸟子乖乖地从栏杆旁离开。

我们把枪藏进包里，整理了一下装备。按下下楼的按钮，等着电梯到来。

"我觉得我们需要火。"

听我这么说，鸟子茫然地看了过来。

"你在说什么？"

"要想真正开始探索，我们的野外生存技术还远远不够。刚才没能马上把火生起来，我有点意外。"

"是呢，我也手生了，明明应该学过一些的。"

"总之现在的目标是……在'里世界'过夜吧。不然也去不了太远，过夜应该是做得到的，肋户大叔曾经也在'里世界'待了几十天。"

"嗯，我觉得可以。"

鸟子认真地点点头。

"鸟子学过野外生存技术吗？"

"很早之前了,只是和家里人一起去露营时顺便学了点。"

"也就是说,曾经在加拿大军队服役的是你的母亲?"

"不是,那是妈妈。"

鸟子摇摇头。

"嗯?"

"我家里,有妈妈和母亲。"

"啥?"我没听懂,眨巴着眼睛反问道,"嗯?是父亲再婚了吗?"

"不是的,只有妈妈和母亲两个人。"

鸟子注视着我的眼睛,像是在观察我的反应。

搞不明白。

"呃——我记得,当过兵的是你的母亲?"

"那是妈妈。"

"那母亲呢?"

"她不是军人。"

怎么回事。

家里有妈妈和母亲?没有父亲,有鸟子?

就在我一头雾水的时候,电梯发出"叮"的一声打开了门。

"来了来了。"

仍然目瞪口呆的我跟在鸟子后面进了电梯。我盯着鸟子看上去若无其事的侧脸,想知道她话中的真意,鸟子回望着我,扑哧一笑。

"你终于直视我了,空鱼。"

"欸，什么意思？"

"总觉得今天，从进入'里世界'之后，你好像经常看着别处。也不怎么看我的眼睛，就有点在意。"

"……是你的错觉吧？"

我移开目光，看向正要关闭的电梯门。

"看吧，又看着别的地方了。"

"好烦啊你，我一直都这样。"

——这家伙真敏锐，我一边想着一边回答道。

于是，电梯门关闭，站在屋顶上的闰间冴月也从我的视线中消失了。

这次探险，从头到尾，闰间冴月都跟着我们。

一开始，在我们从小樱家的"门"进入"里世界"时，她出现在了山丘上。事发突然，我不禁浑身僵硬，但发现鸟子好像完全看不到她之后，又冷静了下来。

这个冴月身上没有上次在"里世界"深处相遇时的强大威慑力，只散发出微弱的气息。她看也不看我，一直盯着鸟子，就像静止画一样一动不动。因此，我判断她是全息投影之类的存在。只要我保守秘密就不会暴露。所以我姑且无视她继续行动，但对方没有任何举动，只是跟着我们，受不了。

下次来到"里世界"时，她还会出现吗？

电梯到达一楼时,应该不会看到她站在那里吧?

然后,那个……鸟子的家庭成员是怎么回事来着?

我再次看向鸟子,不知道为什么,她嘿嘿笑了起来。

电梯载着心乱如麻的我,从"里世界"下到了"表世界"。

Otherside Picnic

档案10
猿拔小姐和空手家小姐

1

"长了不少呢,空鱼。"

在从池袋开往饭能的西武线准急列车上,刚启程没多久,旁边坐着的鸟子说道。

"什么?身高吗?"

"头发。"

鸟子伸出右手想摸我的头,我一边避开一边回答:"毕竟有段时间没剪了,最后一次剪头发应该是遇到鸟子之前。"

"半年左右?"

"大概吧。差不多有点难受了,剪一下比较好吗?"

"现在这样我觉得也挺好的。"

"真的吗?"

"空鱼的头发又黑又柔顺,留长发一定也很可爱。"

虽然我对自己的外貌没什么自信,但被鸟子这么一说,好像也并不尽然。

"那……那我稍微留长试试吧。"

"嗯，绝对很适合你。"

鸟子开心地点点头。

但说实话，被鸟子称赞外表让人心情复杂。不管谁看来，旁边的鸟子明显是更漂亮的那一个。鸟子似乎也很清楚自己是个美人这件事。

但她却经常没羞没臊，毫不犹豫地夸奖我……

我一边想着，一边斜瞟了鸟子一眼，对方察觉到我的视线，与我四目相对。

"怎么了？"

"没什么。"

我移开了目光。尽管已经相识好几个月，还是完全没法习惯。"美女三天看厌"都是骗人的，是那些没见过真正美女的人在瞎说罢了。今天的鸟子穿着白色V领和浅色牛仔裤，灰色外套，脚上是一双运动鞋。明明是朴素的打扮，鸟子穿起来却显得光彩照人，真狡猾。我则穿着条纹运动服、绿色开衫、藏青色裤子和运动鞋。

自从遭遇"山之件"以来已经过去了一个月。在此期间，我们潜入了"里世界"三次。

我们乘 AP-1 从小樱家的"门"去到神保町的"门"，并沿路插上大量买来的园艺支撑杆。支撑杆顶端缠着荧光胶带，方便辨认。姑且用这种方式标记出了没有变异点的安全路线，这是我们铺设的"街道"。

"但也有变异点移动、新变异点产生的可能性吧？"

……鸟子的疑问很有道理，但我无论如何都想做出这样一条道路。可能的话，甚至想铺上地砖。自从发现"里世界"以来，我一直期待着的探险和远征——这条街道就是远征的第一步。

在未知的世界里创造一个属于自己的秘密基地是我的梦想。这个梦如今发生了小小的变化，不再"属于自己"，而属于我和鸟子二人。

"要不要给这条路取个名字？"

那是在第三次探索时发生的事，当时我们结束工作正要回去。鸟子站在骨架大楼屋顶，眺望着草原上反射着阳光的一排排荧光胶带问。

"名字？"

"街道一般不都有名字吗？东海道、丝绸之路、罗马大道、66号公路……"

"没想过。"

"那，从我们俩的名字里各取一个字，就叫空鸟大道……"

"不要。"

"为什么？！"

鸟子看上去像是真的受到了莫大的打击。我装作没看见她的表情说道：

"起个更简单的……就叫一号线好了。取 AP-1 的数字 1 叫一号线。毕竟它为我们努力干了不少活。"

"嗯……虽然感觉太朴素了，不过既然是用 AP-1 起的名字就算了。"

鸟子不甘心地哼哼唧唧。

"那就决定叫一号线啦。"

我努力让自己的声音听起来若无其事，内心却波涛汹涌。从各自的名字里取一个字，那是啥啊？想想都觉得难为情……

总之事情经过就是这样，我们在"里世界"地图上写下了第一条道路的名字——"一号线"。

在这三次探索之行中，我们把确认已知路线的安全放在了第一位，没有涉足新的区域。另外，也顺利回收了沿路发现的奇怪物品。这边纯粹是出于金钱目的。为了通过小樱把东西卖给DS研，我们捡了很多东西，大部分看上去就是垃圾，实际上也确实是垃圾，但其中也有几样"中彩"的。

首先是在旋转观景台里捡到的照片，相框里是陌生的四口之家的黑白照，每天他们的脸都会发生变化，有时全家人都会变成狗。

还有一件纯白的衬衫。乍一看好像是从哪里飞来的换洗衣物，仔细观察会发现它是由有生命的、由极细的萝卜芽一样的植物编织而成的。发现它时我们本打算把它捡起来，但这件衬衫却一动不动，引起了我们的注意，最后是把它下方的地面连根拔起带回去的。

最后是一个黑色火柴盒，里面一根火柴都没有。打开盒子，里面满是黑色的液体，倒置也不会流出来。

这三件东西都是DS研所说的UB生成物（Artifact），也顺利地卖了出去。我和鸟子两人平分后获得了维持眼下生活绰绰有余的资金。

……这样的想法都是空欢喜，仔细一想，我们还有 AP-1 的月供没还完。扣掉这笔巨款，经济状况立马变得不甚明朗。还是得马上去找其他的"异物"才行。

今天我们之所以会坐上西武池袋线，正是为了去位于石神井公园的小樱家里讨论下次探险的方针。

我不自觉地斜眼偷看鸟子的样子，这已经不知道是第几次了。鸟子一脸云淡风轻地坐在我旁边，看上去平静得让人火大。

在遇到"山之件"那天回去的路上听说了关于鸟子的新情报。在那之后，我的内心就起了一点波澜。

鸟子的家庭情况比我还要复杂，据说她是由两位母亲养育成人的。

"妈妈"和"母亲"。妈妈是军人。听小樱说两人都已经去世了，但不知道具体情况。自那以后，鸟子没再追问过我的过去，我也觉得不去问她比较好。

虽然是这么觉得啦。

为什么要告诉我这个？

果然她还是希望我深入问下去吗？但我不太了解别人的家务事，也全然没有看穿他人心思的能力。

而且，我还有一大堆事情要考虑。

"山之件"事件中一直跟着我们的冴月的影子，之后探索时再没出现过。明明之前那么执着地缠上来，真是叫人扫兴。说不定她消失之后反而更令我劳神。在探索过程中，我好几次感觉到别人的视线而往回看，连鸟子都开始怀疑了。那女人就好像某只恶心的虫子，一会儿不盯着就不知道去了哪里。

电车抵达了石神井公园。从车站前的转盘来到商店街，穿过商店街，又来到了公园附近的高级住宅区，这条路已经走得烂熟于心了。空气里的秋意越发浓郁，不久前残留的暑气仿若幻觉。

我们一边下坡一边聊着天，突然鸟子像是想起了什么说道："小空手家近况如何？"

"啊——说起来她最近消停了不少。这周都没看见。"

空手家是和我同一个大学的大一学妹——濑户茜理。在"猫咪忍者"事件中帮了她之后，这个强势的学妹就对我产生了浓厚的兴趣，一直凑过来。而我则不想被缠上，完全冷漠以对。

"可能是终于打算放弃了吧，太好了太好了。"

"难道不是因为空鱼你太冷淡才被迫放弃了吗？难得有仰慕自己的学妹出现，要好好珍惜啊。"

"别站着说话不腰疼，我们非法持枪的事已经被对方知道了，你也不想再牵扯她进来吧。"

"那after care（善后处理）不就更重要了吗？要是她有那个心思，我们马上就进局子了。"

"after care 具体指什么？"

"不要那么冷淡，好好听对方说话怎么样？这点小事很简单吧。"

我瞪了鸟子一眼，说得倒是轻松。这对我来说一点都不简单，而且我也已经发现了,鸟子虽然在这里抱怨,但她自己的交际能力也没那么高超。面对刚认识的人相当生硬冷淡,但对能放下心防的人又格外黏糊……基本上是个不懂得保持适度距离的人。

"我说啊,说到底鸟子这样……"

话说到一半我闭上了嘴。

"什么?"

"……没什么。"

"好在意。"

"没有啦,什么都没有。"

话说——这样就可以了吗?鸟子对茜理是怎么想的?

两个人都是闰间冴月曾经的学生。闰间冴月此前为了寻找一起去"里世界"探险的伙伴,一边从事着家庭教师的工作,一边物色派得上用场的人。这女人到底在对大学生干什么啊?得知"朋友"在与自己来往的同时,也在和茜理进行接触,鸟子受到了不小的打击。

尽管如此,鸟子还是希望我和空手家搞好关系,我实在不太能理解。或许是出于担心我的人际关系而这么说,但她难道不会嫉妒吗?

"话都说了就不要说半截啊,好在意——"鸟子喋喋不休地说着,正应付着她的时候,小樱家到了。

我们穿过杂草丛生的庭院,绕过玄关前像蒸腾的暑气般摇曳的"里世界"之"门",走上门廊。虽说不用鸟子的手打开的话,"门"应该是不能用的,但我也不想特意从那里走过去。

鸟子按响门铃，驾轻就熟地打开了大门。

"我来啦——咦。"

看到脚下，鸟子放轻了声音。我也跟着向下看去，只见小樱的洞洞鞋旁，放着一双没见过的靴子。

是一双系带的短靴，鞋跟不是很高。

玄关前方，沿着走廊直走左手边是一个接待室，从里面传出了欢声笑语。其中一个是小樱低沉的声音，另一个人也是女性。虽然听不清说话的内容，但气氛似乎十分融洽。

"是谁？你知道吗？"

我问道，鸟子摇摇头。

"除了我和冴月……还有汀先生以外，不知道还有谁会来这里。"

我们窃窃私语着，这时从门对面传来小樱的喊声。

"你们在干吗？进来吧。"

我们面面相觑，脱下鞋进了房间。穿过昏暗的走廊，轻轻打开门。

"您好……欸？！"

我探头向房间里望去时，问候从嘴里蒸发了。

接待室里，隔着桌子和小樱相向而坐的不是别人，正是我们刚刚还在谈论的人物。

"打扰了，学姐！"

我无言以对，站在原地。空手家——濑户茜理带着明快的微笑看着我。

2

"为什么……你会在这里……"

我勉强挤出一句话，或许还带着点颤抖。

被跟踪了？监控摄像头？窃听器？脑子里危险的可能性一股脑地涌出来。

为什么这家伙会在小樱房子里等着我们？被看见了？被听见了？这家伙知道多少？她知道我们的，什么秘密——要是情况不妙，要……要灭口吗？不不不，冷静一下，可是……

或许是我的脸色苍白得吓人，小樱皱起眉头说道："喂，小空鱼——怎么了？你没事吧？"

"小……小樱。这是，怎么回事——"

"听说这个女孩子是小空鱼你的学妹啊。小小年纪就知道要带伴手礼过来，比你更懂得为人处世嘛。"

小樱说。她手边放着装在彩色箱子里的羊羹，已经事先切成了方便入口的小块。

我缓缓移动视线，对焦上茜理的脸。

"你……你来干什么？"

在我不知道的地方，有人掌握了自己的情报并做出行动——这是对我而言非常棘手的情况。大概是曾经被邪教组织纠缠过的缘故。

"她说有话要跟你说。"

小樱说，茜理点点头。

"这次前来叨扰是有事想跟学姐还有鸟子商量。在学校里我也找机会搭了几次话，但学姐最近好像很忙的样子。"

说起来她好像确实说过这样的话……当时我基本没放在心上。

"我从闺间老师那里听说了小樱的事，她说自己有个朋友一个人住在石神井公园。"

"你怎么知道小樱认识我？"

"学姐你不是说过吗？在石神井公园碰头商量事情什么的。然后我突然灵机一动，想到难道是同一个人！？"

欸，我说过吗？不过我确实被茜理缠得很烦，不得不说回答的时候也挺随意。但，我会这么轻易说漏嘴吗？

或许是因为我的脸上浮现出不解的神色，茜理的视线向左上方飘去。

……莫非，这家伙，真的跟踪过我？

"事情就是这样。学妹很聪明嘛，你说对吧？"

小樱不知为什么一直自顾自笑眯眯的。是因为好久没来客人了，情绪高涨吗？

"你要站到什么时候？别傻站着了快坐下。"

"啊，好的……"

我和鸟子各自找了张空椅子坐下。

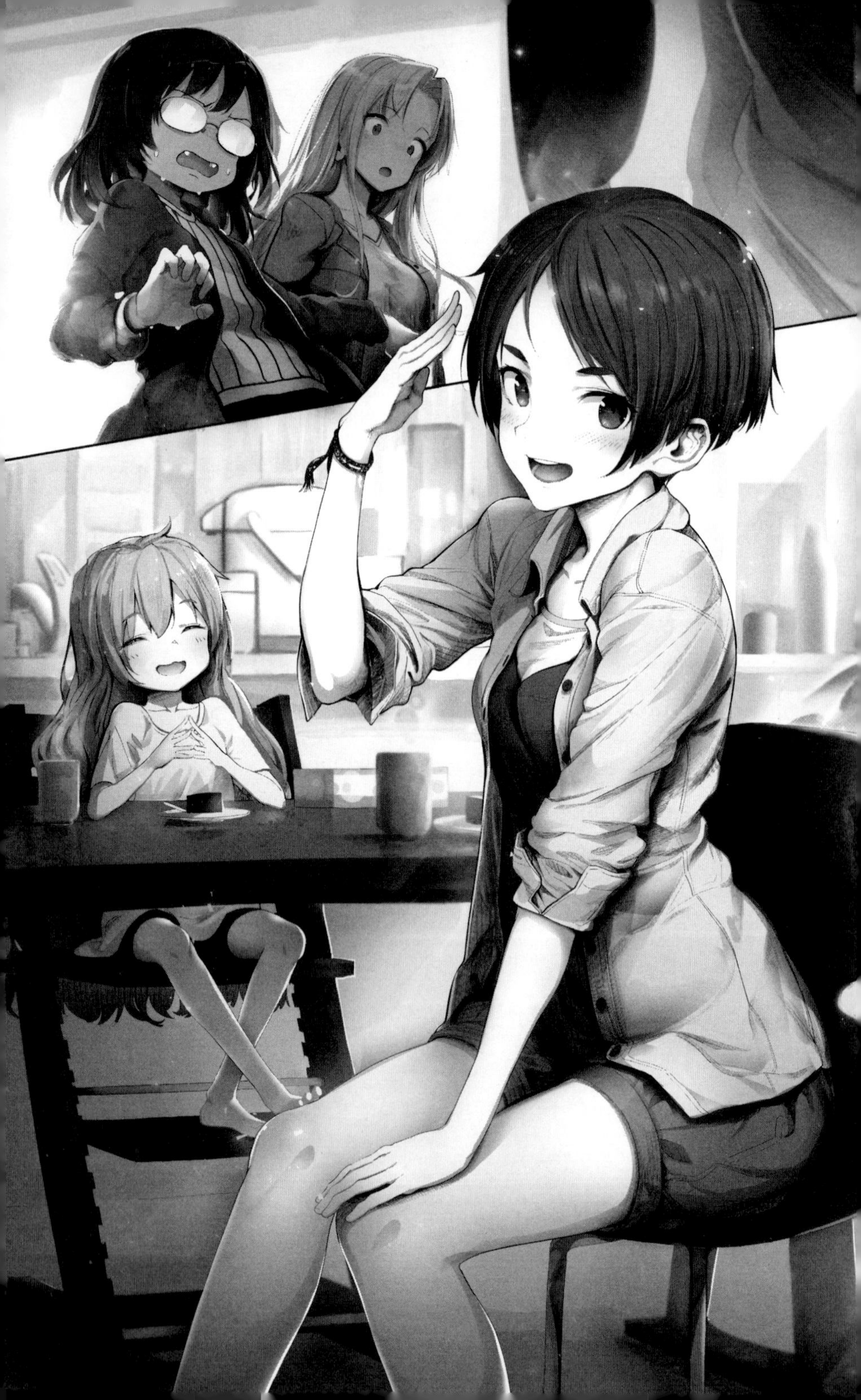

桌子上放着茶，是用来搭配羊羹的吗？我和鸟子从来没见这里出现过热茶。

"发什么呆？茶自己随便倒。"

"哦……那我不客气了。"

总之先冷静下来——我把电水壶里的热水注入茶壶，又把茶倒进自己和鸟子的杯子里。喝下一口茶，我不由得皱紧了眉头。这不会是陈年旧茶吧？在罐子里放了多久……

"啊！说起来，鸟子和我之前都是闻间老师的学生，对吧？"

茜理没头没脑地突然来了这么一句，我差点没把茶喷出来。

"算是吧。"

鸟子干脆地回答道。

"我听说老师下落不明了，之后有联络——"

"没有呢。"

"这样啊……我要是有什么消息就告诉你们。"

"谢谢。"

意外的是，从茜理说话的口气来看，感觉不到她对闻间冴月怀有什么执着。从鸟子的反应，也很难看出她的内心活动。回答十分冷淡，但生人模式的鸟子一直都是这种感觉。在如月车站和美军说话时简直可以说是恐怖了。

"不说那个了——你说要找我们商量，这次发生了什么？特意来拜托空鱼，也就是说发生了不寻常的事吧？"

鸟子问道，茜理点点头。

"其实是这样的。"

"又是猫咪忍者？"

"不，那件事已经完全解决了。之后就没再被袭击过。"

"那……真是太好了。"

"是的，然后关于这次想要和你们商量的事，不是我，是发生在我朋友身上的。其实——"

"等、等一下！我还没说要帮忙——"

我慌忙想制止她，这时小樱大声说："你在说什么啊？别欺负人家了，帮帮她呗。"

我目不转睛地回望着说出这句话的小樱。

"学妹有难，不能放着不管吧。她都这么信赖你特地跑到这里来了。"

"小樱……"

我逐渐感到了恐怖。小樱怎么能说出这种话？她有那么喜欢茜理吗？这个八面玲珑的学妹到底是怎么回事？她用我无法想象的，未知的沟通能力把油盐不进的小樱攻陷了吗？

"那个，你没事吧，小樱？这样没事吗？"

"哪样？"

"因为，她可是冴月的学生啊。我直说了吧，你没想起什么吗？"

"我说啊，小空鱼。"小樱的笑容越发灿烂了，"我啊，不想再卷入恶心的事情里了。绝对，谁也不例外，好吗？懂？"

——啊。

"既然学妹都这么特意找上门来了，小空鱼你也不要说些有的没的，就接受她的咨询或者别的什么，去我家以外的地方解决。好吗？懂？知道我想说什么了？"

"大……大概，懂了。"

我终于明白了。也就是说，小樱其实正处于暴怒之中。不速之客找上门来，她害怕自己又被卷入某起事件——不是被茜理的交际能力所操纵，倒让我安心了些。

"……鸟子怎么想？"

鸟子从刚才起就很安静，我小心翼翼地观察着她的样子。

"一开始我不就说了嘛，帮帮茜理。信赖是金哦。"

"唉……就知道你会这么说。"我疲惫地靠在了沙发上，"哈——真是的，我知道了啦。先说来听听吧。"

"太感谢了，学姐！"

茜理的脸上洋溢起了光辉，我不胜其烦地看着她。

"所以，什么事？你说是朋友身上发生的来着？这次又是被什么袭击？"

"袭击……倒是没被袭击。"

茜理犹豫了一会儿，说出了一个奇妙的名字。

"你知道'猿拔女'吗？"

3

"大概在一个月前，我朋友小夏打了个电话过来。"

"小夏？"

"啊，她的全名叫市川夏妃，是我小时候的玩伴，就住在我家附近。"

她家附近，也就是说离我和茜理的大学也很近了。

"你们同年级吗？"

"啊，小夏她不是学生。虽然我们同岁，但她家里是开工厂的，从高中时候起就在那边帮忙了，一直到现在。"

"这样啊。"

"小夏打了电话过来——说她家院子里有一只奇怪的猴子。"

"奇怪的猴子？"

"她发了照片——你看，就是这个。"

对方递过来的手机屏幕上，是一只坐在庭院石头上的毛茸茸的动物。看上去像只背对着我们的日本猕猴。但当茜理用手指滑动屏幕，给我们看下一张照片时，我就不这么想了。

"呜呃，这什么东西？不是猴子吧？"

和我一起盯着屏幕的鸟子失声叫了出来。正如她所言，第二张照片上正对着我们的脸的不是猴子的脸。它像人一样微微笑着，似乎觉得很好笑。身体的姿势怎么看都是猴子，如果有什么生物介于猴子和人类之间，大概就是这种感觉吧。

茜理也想让小樱看看屏幕，但小樱笑眯眯地默默把身子挪远了。从她的笑容里透出"绝不看恐怖事物"的坚定决心。

"小夏说，这只猴子跟她搭话了。"

"这样啊，然后呢？"

被我催促，茜理露出不可思议的神情。

"那个，莫非这种事很常见吗？"

"为什么这么说？"

"因为学姐你对猴子说话这件事没什么反应。"

"猫都能变成忍者了，猴子会说话也没什么大不了的吧。"

"原……原来如此——"

"然后呢，它说什么了？"

"啊，是。我记得——"

据茜理说，猴子靠近"小夏"之后，说了这样一番话。

"'猿拔女'来的时候，就把这个给她看。告诉她这是自己掉下来的，对方会再给你。之后就把它们埋在院子里。"

然后猴子便迅速离开了。

猴子待过的地方掉了个什么东西，仔细一看——

"是牙齿吧，人类的牙齿。"

听我这么说，茜理瞪圆了眼睛。

"你怎么知道？！"

"我知道这个故事。"

茜理、鸟子和小樱三个人的视线都集中在我身上，我有些坐立不安地晃着身子。

猿拔女。这个名字很有辨识度，我轻易便想起了对应的网络怪谈。故事比较小众，但大致就像茜理说的那样。记得在那个故事里，几天后，来了一个自称"猿拔女"的老婆婆。照猴子说的那样把牙齿给她看，说是自己掉的话，老婆婆就会再给几个牙齿。当事人把手头的牙齿埋了之后，这个故事就结束了。鬼怪的动机和行动原理都不清楚，是个很奇怪的故事。

我大致说明了一通，茜理的眼睛闪闪发亮。

"厉……厉害！好厉害！果然跟学姐你商量没错！我之前从来不知道有这样的故事！"

"嗯，不过，网上搜一下就出来了吧……然后呢？猿拔女，来了吗？"

"这个……小夏她，好像把牙齿扔掉了。"

"欸？"

"然后在那之后，家里人有的受了伤，有的被可疑的人跟踪，发生了很多不好的事。我最近遇到她时碰巧听说了，好像情况挺糟的。"

所以我想还是让专家帮忙比较好。"

——明明我们不是什么专家。

猫咪忍者事件中也是,从茜理口中听到的体验谈都很像我读过的网络怪谈,还原度很高的样子。明明身为当事人的茜理和"小夏"并不知道故事原文。

至今为止我都认为,"里世界"在和我接触时,会将我脑中的恐怖故事当成某种"流程"来用。但看到这些不了解网络传说和实话怪谈的人也经历了一样的流程时,这个假设也变得不可靠起来。

不……莫非?

"这果然是'里世界'案件吧?"鸟子对陷入沉思的我说道。

"是的……吧。"

我含糊地答道,脑子里浮现出一个奇妙的想法。

位于"里世界"深处的某种东西,正在对我们进行"认识"。在冲绳的海滩上,它们喊着"纸越空鱼"和"仁科鸟子"这两个名字并主动和我们接触,所以这个结论应该不会有错。

如果"它们"试图在"表世界"对我们出手呢?

莫非,茜理她们遭遇"怪异",向我们求助这一连串事件本身就是冲着我和鸟子来的?

我下意识地把手放在了右边的大腿上。在"里世界"的时候,这里一直绑着装有马卡洛夫手枪的枪套。

遭遇猫咪忍者时,茜理得知了我们非法持枪的事。不能再冒险违反枪刀法[1]了。

可是，如果不能把枪带在身上的话——我们在这边遇到"里世界"的存在时，该如何自保呢？

4

我和鸟子、茜理一起坐埼京线来到了南与野站，然后在环岛处换乘巴士。坐上巴士十分钟左右就能到大学及我居住的公寓附近，但这次我们在中途就下车了。

茜理把我们从主干道带到了有点偏僻的"小夏"家里……或者说是工厂里。

房子上挂着一块掉色的招牌，上面写着"市川汽车维修厂"。这家小小的工厂里弥漫着油、金属和溶剂的气味，并排停着两辆轻型货车。货车用千斤顶撑了起来，底下露出两条腿。

"小夏，出来一下行吗？"

听见茜理的声音，两条腿动了一下。适才正在工作的人出现了，还拿着块滑板似的东西。是一名身穿灰色连体工作服的年轻女孩，染着红发，但发根已经出现黑色，就像布丁一样。头发扎在头顶，第一印象说实话就是个不良少女。

---

[1] 《枪炮刀剑类所持等取缔法》的略称。

"茜理，怎么？你给我发 LINE 了？"

"嗯，发了。"

"不好意思没看到。"

"真是的，不是让你要留意 LINE 的消息嘛。"

比起和我，茜理在和"小夏"说话时的口气随意了不少。

原来她和我说话时姑且还是端正了态度的——正想着，茜理朝我的方向示意了一下接着说："之前我不是说过可能会有专家来帮忙吗？来了。"

"真的假的，这多不好意思……"

"小夏"的视线越过茜理的肩膀看向了这边……扫过我，停在了鸟子脸上。她像是有些胆怯，眨了几次眼睛后才说："你好，我是市川。是，纸越学姐来着？劳你费心了。"

"啊，小夏！不对不对，那边的是鸟子，纸越学姐在这边。"

视线移到了我身上。

"啊……欸，是这样啊。纸越学姐是……咦——"

喂你这态度怎么回事？在看不起我吗？

茜理没理会恼火的我，看上去十分兴奋。

"她们俩都是这方面的专家，一定能帮上你的！跟学姐说说吧。"

"嗯——也……可以。"

"小夏"带着难以信服的表情说，丝毫不掩饰对我的怀疑。

不过也是，我看上去就是个阴暗宅，怎么想都不会跟这种不良少女合得来。特意来一趟，结果对方是这种态度的话，我也要改主意了。

"啊，没事的，要是我们帮不上忙的话就回去——"

话还没说完，鸟子打断我问道："你手里那个是什么？"

她指着"小夏"的手。仔细一看，脏兮兮的白色皮手套握着一团毛发。里面混着不少像皮肤碎片一样的东西。

"小夏"低头看向自己拿着的东西，皱起眉头。

"夹在这辆车的传动轴里面的……"

她啧了一下，把毛发丢进空油漆桶里，传来湿答答黏糊糊的声音。

"明明说这辆车没出事故的。最近出事的车很多。"

我和鸟子对视了一眼。"小夏"脱掉手套，好像改变了主意，说："也是，机会难得……能和你们聊聊吗？"

"小夏"——市川夏妃把我们带到了工厂后面的房子里。绕过年代久远的平房，竟然有一个很大的庭院，说不定她们家以前是地主。庭院绿树间放着几块很大的石头，夏妃指着其中一块说："猴子之前就在这里。因为很罕见，我还想拍照发到 ins 上的，然后猴子就过来搭话了。说什么'惨拔要来了好可怜呀'之类的。"

"惨拔？不是猿拔女吗？"

"女？那是什么？"

"不对啊，你不是说过吗？说得清清楚楚的。"

"骗人，我不记得自己说过。"夏妃皱起了眉头，"不知道是'猿'还是'惨'，反正那只猴子说的话与其说我是用耳朵听到的，更像是直接在脑子里响起的感觉。然后我吓了一跳，猴子突然就唰地逃走了。回过神来时，我发现脚边掉着一颗牙齿。"

"那颗牙齿还在吗？"

我问道，夏妃摇摇头。

"因为很恶心所以我马上丢在附近了。很不妙吗？"

"不，你的反应挺正常的。"

完全无法出言责备，不如说她非常理性。"扔掉牙齿"这一行为虽然与网络传说的原文脱轨，但照着猴子说的去做其实才更不合常理。

"啊——不过，我也觉得果然不太妙。自那以来就不行了。"

"'不行'是指？"

"先是在猴子出现的三天之后，有个不认识的老婆婆就在那棵树下吊死了。"

"欸……"

茜理指着庭院一角的松树。松树下部有一根粗枝被切掉了一半，切口看上去很新。

"是个完全不认识的老婆婆，搞得我们也不知道怎么办好。为什么特意要死在我们家院子里呢……警察来之后问了很多，但我们什么都不知道。"

怎么回事。猿拔女的故事里也有一名老婆婆来访，但可没当场死掉啊。

"自那以后就发生了各种怪事……我爸修车时千斤顶松了被砸断了肋骨，我妈被车撞倒，司机肇事逃逸……"

"欸，没事吧？"

听鸟子这么问，夏妃叹了口气。

"他们俩都在住院，家里的活儿都得我来干了。还发生了许多其他的怪事……送过来修的不知道为什么都是出了交通事故的车，还出现了很多可疑人物，之前有个大叔拿着菜刀嘿嘿笑着靠过来被我用扳手打倒了，晚上一直有电话打过来，接起来就会听到女人的笑声……"

"小夏……"

夏妃的口气越来越激动，茜理靠过去抚摸着她的头。她又叹了口气，说道："你是叫……纸越学姐来着？这果然是我的错吧。听说你之前帮过茜理，我这样的有没有救啊？"

实话怪谈的发展都很不可理喻，就像强行要人玩一个不知道目标和规则的粪作游戏一样，而且玩家出错时的惩罚机制也十分严厉。走错一步就可能会死，会发疯，或导致身边的人都遭到诅咒。

"学姐，这不就是那个吗？我遇到猫咪忍者时也发生过的那个。"

茜理说，我不情愿地点了点头。被猫咪忍者袭击时周围变得很奇怪——之前茜理这么说过，指的就是进入表里世界之间的中间领域。

"这次要怎么做？"

"唔——嗯……"

我不知道该怎么回答，这时鸟子拍了一下我的肩膀说道："这不是很简单嘛，就像平时那样做不就好了。"

"'平时那样'是哪样？"

"用空鱼的右眼看，我来——"

"你可能忘了，我们不能用'这个'。"

我用右手比出枪的手势，鸟子睁大了眼睛。

"啊。"

"啊什么啊，真是的。"

但都到这份儿上了，不能就这么抛下夏妃回去吧。就算是我，这点程度的人情味也还是有的。

夏妃紧挨着茜理，看着这边。我对她说："总之……先找找那个丢掉的牙齿吧。"

5

我让其他三人稍微退后一点，把意识集中到右眼。

如果猴子给的牙齿是从"里世界"来的物品，应该会被银色的光晕所包围，能认得出来。

但就我至今为止的经验来看，这个法则不一定通用。比如从"里世界"带些小石子之类的回来，那也不过是小石子罢了，没有磷光。

我一边四下环顾一边绕着院子走。杂草长得很高，院子里的树也乱糟糟的，池塘水面上浮着绿藻，从整体上看十分荒凉。夏妃说她把牙齿扔在附近了，要是在的话应该离得不远。

我用左眼回头瞟了一眼，三人都咽着唾沫注视着这边。到处乱晃，寻找着其他人看不见的东西——现在的我简直就像灵异作品中出现的灵能力者一样。这么一想，莫名地让人扫兴。

"学姐，怎么样？"

茜理大声喊道，我摇摇头。

"不行，找不到看上去像是牙齿的东西。市川，你把它丢得那么远吗？"

"没，就用脚踢开了而已。要是有的话应该就在那附近。"

"会不会已经被拿走了？"鸟子随口说。

"被谁？"

"猿拔小姐。"

"你说她来了之后自己拿走了？"

"又或者，吊死在树下的才是猿拔小姐之类的。"

鸟子只是想到什么说什么而已吧。

"因为没给她牙齿所以受到了打击？"

"茜理，你可以不用追问下去的。"

我忍不住吐槽。

我不喜欢把实话怪谈里提到的妖怪拟人化，或者赋予它们"失落"等人类所能理解的感情来开玩笑。曲解……可以这么说吗？恐怖的东西就是恐怖，无法理解的东西就是无法理解，我认为这才是面对实话怪谈应该采取的态度。自己也觉得这个想法相当刁钻，但一次也没跟别人说过，所以不提也罢。

不过我至今为止也用枪干掉了不少这种怪物就是了。

"果然还是哪里都没有……嗯？"

因为没找到牙齿，我放弃了，抬起头时却发现院子边上，一棵银杏树根部的地面有些不自然的痕迹。泥土向上隆起，就像有人挖开后又填上了一样。

"空鱼，发现了吗？"

鸟子问道，我回头说：

"这里埋着什么东西，有什么能用来挖的吗？"

夏妃从修车厂拿来了铲子刷刷地挖着，终于，铲子前部碰到了硬物。

出现在泥土中的是一个陶壶。大小能用双手捧起，上面有一层白色的釉。

"就像骨灰盒一样。"

蹲着身子仔细端详了半晌，茜理说出了这样的感想。

"市川，你对这个有印象吗？"

"没有。"

"能打开看看吗？"

夏妃点头同意。我接过铲子，撬开壶盖。

"呜哇……"

我不由得失声叫了出来。和骨灰盒差不了多少，里面装着大量的牙齿。

到底拔了多少人的？壶里堆满了发黄的牙齿。有的是补过的，还混着些一尘不染的白牙，应该是近期埋进去的。

"这什么，好恶心……"

盯着壶看的夏妃发出一声呻吟。

"你能认出里面有没有猴子留下的那颗吗？"

"怎么可能认得出来，也没几个。"

"喂，空鱼，这边也有……"

我循声看去，鸟子正盯着一块大石头前的地面。那里也有挖开后填回去的痕迹。

我们对望一眼，无言地把铲子戳进了土里。

出现的不是壶……而是骸骨。

一瞬间还以为是人类的尸体，害我大惊失色，但仔细一看，骨架和体格都与人类完全不同。大概是狗。为什么说大概，因为这副骨架只有头部不见了，就像被人一刀砍了脑袋一样。

"学姐……这边的也是吧。"

从茜理发现的地方，我们挖出了用原色木料做成的袖珍模型，是一栋和式房屋。房屋被刀子划得破破烂烂，还被泼了黑漆。

"是神龛。"

听到我的话，夏妃猛然一惊。

"骗人的吧，这是我家的神龛。"

"你家的？"

"修车厂里有个神龛，但前段时间不知道去哪儿了。"

"总觉得这个，看上去就像被诅咒了一样……"

茜理嘀咕了一句。

"刚才的壶和狗你有印象吗？"

我问道，夏妃沉默地摇头。

我们环顾着庭院。短短十分钟内就发现了三个看上去充满恶意的物品。再花时间找找说不定还有其他的。

夏妃不知所措地站在原地。她卸下了不良少女的伪装，露出孩童般不安的表情。茜理走过去握住她的手，夏妃一言不发地垂眼回握。

"一般情况下报警说有人骚扰可能比较好，但这种程度的案件他们不会认真对待吧。"

听了我的话，鸟子小声应道：

"我也不太想接近警察。"

说实话也有这个原因。虽然我对枪已经麻痹了，在"里世界"迫不得已也只能将错就错，但我们毕竟是两个日常违反枪刀法的反社会大学生。

"再找找还有没有什么危险物品吧。说不定把它们全部破坏掉,情况就能有所改善。"

连我自己都觉得这个提议不靠谱,但其他三人点头同意。

我们四个分开在院子里走走看看。看除了埋在地底下的,还有没有什么古怪的东西放在院子里,或是吊在树上——我和鸟子都对这里原来的状况不熟悉,一找到可疑物品就把夏妃喊过来确认。

"莫非夏妃你也曾经请冴月当过家教吗?"鸟子若无其事地问道。

"冴月是谁?"

"闰间冴月。很高,留着黑色长发,戴着眼镜……"

"就是我之前的家教哦,小夏。"

听了茜理的补充说明,夏妃好像懂了。

"哦哦,我见过她。但完全不认识。"

"哦——这样啊。啊,我找找这边。"

鸟子的口气明显放松了不少,她结束对话,钻进了院子另一边丛生的灌木中。

问了自己想问的就跑了。仁科鸟子,除了和熟人说话的时候,你真是个不会聊天的女人……

"啊!鸟子,在那边要注意脚下。里面是竹林,摔倒的话很危险!"

茜理慌慌张张地追了上去。等我反应过来时,这里只剩下夏妃和我二人。

糟糕。说到底我也没有资格嘲笑鸟子，因为我压根儿不懂得怎么和陌生人聊天。

"……虽然我们不认识。"

夏妃突然开口，把我吓了一跳。

"欸？"

"我知道她是茜理的家教，'冴月老师'。但我讨厌那个人。"

"讨厌？"

"怎么说好呢，那个女人很可怕。我远远看见过她和茜理走在一起，明明什么都没做，她却突然回头看了过来。吓死人了。和毕业了的学长学姐那种恐怖完全不一样，让人不舒服。而且——"夏妃注视着在院子另一头和鸟子说话的茜理，接着说，"她好像要把茜理带走一样，很可怕。"

"茜理？为什么？"

"那个家教和茜理靠得太近了……茜理也很依恋她，我一直担心她会不会被不怀好意的大人骗了。那家伙很可爱对吧？以前就经常被搭讪。小时候都是我把坏人赶走的，自从她开始练空手道之后，就变得比我强了。"

我明明没有问，夏妃却自嘲似的说了下去。

"虽然茜理现在也总说'小夏很强，很可靠'什么的，但其实她比我强多了。高中的时候她还拿了县冠军，参加了全国大赛。已经没有我能为她做的事了。"

"市川……"

我有些慌乱。为什么这个人要跟素不相识的我谈论自己的人生经历？好可怕……还是说你这家伙也是个自来熟的 woman？

这么说来，虽然对方是个不良少女，但我也有点能理解她了。正想着，夏妃的视线突然移到我的脸上。

"说实话，我之前对'纸越学姐'也很警惕。"

"欸？"

"茜理她超级崇拜学姐你。说你从什么猫咪忍者手里救了她，超级可靠什么的。听说还和那个家教有渊源，我还以为又是一个危险人物呢。"

"和她有渊源的不是我而是鸟子……"

"啊——对对对，刚见到鸟子的时候我很害怕。那时我甚至觉得，要是这样的美女，茜理会崇拜她也是没办法的事。但之后就听说学姐你才是那个'纸越学姐'，令我感到很不可思议。"

"哈？"

哈？

"但……你真的是专家呢，抱歉，之前失礼了。"

说什么"之前"，你现在不是超级失礼进行时吗？

"纸越学姐，你的性格真的很不可思议呢。看上去是个阴暗宅，没想到一点都不怕生。"

"没必要说的话可以不说。"

虽然至今为止我遇到了许多恐怖的事，但还是难以习惯恐怖与恶意。要说自己和茜理、夏妃有什么不同，那就是经验了。不害怕不良少女也是因为随时能开枪，不可否认，这一点让我很有安全感。

夏妃突然低下头，沮丧地说："虽然不太清楚发生了什么，这样看来，是我的错让我家遭受了诅咒吧。"

从失礼模式摇身一变成了沮丧模式，我的情绪有点跟不上，嘴唇翕动了几秒，好不容易才缓过神来答道："不过……我觉得也不能一概而论。这种情况和事故一样，本身撞上就很倒霉了，不能说是谁的错。"

"嗯？为什么？我们家是被人诅咒了对吧，因为我没好好把牙齿给人家。"

原来如此，我们的认识分歧是在这里。

"该怎么说好呢，这类事情是没什么因果关系的。市川你会遇到用心灵感应说话的猴子也只是偶然，对吧？从一开始就没有道理可言，所以在那之后的一系列展开也一样。埋在地下的壶等，虽然看上去像诅咒用的道具，但它们和把你卷进来的事件有着某种联系，属于事件的一部分。我觉得不用去考虑它们各自的含义。

"所以是'事故'吗？"

"没错。就像疾病，或者更像是灾害。关于事故、疾病、灾害的原因，深究起来有很多，但'为什么偏偏是自己遇到这种事'却没有道理可讲，对吧？所以你也不用觉得自己做错了什么。"

"我大概懂了……可是，我不想把茜理卷进这桩事故里。当然也希望有人来帮忙啦——"

"唔——嗯……"

我能做的只有"看"，也不一定能帮上忙……正要这么说时，我犹豫了。脑中浮现出一个小算盘。

"那……我会试着帮忙的，你能给我什么当谢礼呢？"

"需要多少钱？"

"不用付钱……能不能帮忙改造一下车？"

夏妃惊讶地眨了眨眼睛。

"改造？可以是可以。"

"农用机械也OK？"

夏妃脸上的不解之情越发明显了。

我正打算向她说明AP-1的事，却突然发现鸟子和茜理正凝视着我们。

"欸，怎么了？"

我陷入了混乱，这时鸟子叫道："空鱼，后面！"

6

我和夏妃同时回过头去。视线前方是那棵被砍去了一边枝干的松树。松树根部有个穿着和服的人影。

是一名老年女性。虽然穿着优雅的和服，不知为何却蜷着身子，只有半人高，十分异样。

她是什么时候出现的？我们完全没察觉到。

"你谁啊？"

夏妃朝那边喊，老婆婆回答："在下猿拔女。"

鸟子和茜理跑了过来，我们四个僵在院子一角。自称"猿拔女"的老婆婆和蔼地笑了笑。

"你是什么东西？来干什么？"

夏妃作势威吓。

"因为没收下。"

"啊？"

"没收下牙齿，所以也不能奉上。"

"你在说什么？"

"这样一来，只能由我来取了。"

老婆婆话音刚落，夏妃就发出一声闷哼，弯下了身子。

"市川？"

她用手捂着嘴。从指缝间垂下一条红色的线。血滴滴答答地落在地上，那里躺着一块白色的东西。

是牙齿。

"这……这是怎么回事？！"夏妃吐出嘴里的血喊道。

"第一颗。"老婆婆脸上仍然挂着笑容，说道。

"小夏！"

茜理冲上前去，摆出了空手道的起手式。

"你这混蛋对小夏做了什么！？"

难以想象这声怒吼是从这副娇小的躯体里发出的，我瞬间吓呆了。但老婆婆完全不为所动。

"在下猿拔女。"

她用和刚才一样的语气又重复了一遍，声音里没有丝毫感情。毫无疑问，这家伙也是"里世界"的"现象"。

"茜理，不行！"

夏妃捂着嘴制止她，但茜理没有理睬。

"小夏退后。"

在我身旁，鸟子把手伸进了托特包里。对上我的视线，她点点头，意思是"随时可以拔枪"吧。我微微摇了摇头。不行，鸟子，现在还没搞清楚状况。

为了揭开现实的面纱，让我们能触碰到猿拔女的实体，我把意识集中到右眼。

老婆婆的样子变得朦胧，出现了一个完全不同的东西。

它的"芯"是五只合抱、缠绕在一起的猿猴干尸，周围环绕着无数人类的牙齿，形成了一个旋涡，就像蚊柱[1]一样。已经看不出丝毫人形，怪诞的形状让我不由得瑟缩起来。干尸的嘴动了，从漆黑的口腔

1　蚊子在屋檐下或树荫等处呈柱形成群飞舞的现象。

中传出人的声音。

"空手家小姐，能给我吗？"

蜕去了老婆婆形象的猿拔女对茜理说道。下一刻我意识到——这家伙，用的是我自己给茜理起的绰号！

茜理似乎没有意识到这一点。

"少废话，我什么都不会给你的。"

她用带着怒气的声音低声说着，一点点靠近了对方。

但茜理迟迟未能出手，得出她在犹豫要不要攻击。这也是理所当然的——在茜理看来，敌人不过是一个瘦小的老婆婆而已。

猿拔女周围打着旋的牙齿变了轨迹，像是在瞄准目标。旋涡轻飘飘地靠近了茜理，她发出一声呻吟。

"……痛。"

从她口中吐出了血泡，里面有一颗白色的牙齿。

"第二颗。"

猿拔女数着。

"空鱼，可以了吗？"

鸟子有些焦急地问道，我不由得叫了起来。

"不行！鸟子你退下！"

"欸，可是——"

"绝对不行！听我的！Stay！"

"Stay 是——"

"OK？"

"O、OK……"

大概是被气势汹汹的我吓到了，鸟子虽然一脸不解，还是退了下去。

的确，枪可能会有效果，但还是不行。在这种住宅区发出枪声太危险了。而且——开枪的话敌人的目标就会转向鸟子，怎么能让那种东西碰到鸟子的牙齿！

"茜理！那家伙不是人类！可以下手打！" 我对茜理喊道。

"真……真的吗？学姐！"

"没事的！尽全力打它！你不是也踢了猫咪忍者吗，和那时候一样！你既然能下脚踢猫，肯定也能下脚踢可疑的老婆婆！"

"这话说得太难听了学姐！那时候是对方拿着刀袭击过来为了自保。话说回来这家伙拿着什么？我刚才被做了什么？！小夏也——"

"它用极快的速度拔了你们的牙齿，不快点动手还会被拔哦。"

"真的吗？可是——"

我把话说到这份儿上了，茜理好像还是有些踌躇。

没办法了。事态紧急。

抱歉，借用一下你的空手道能力。

"OK，茜理。听我说，我会看着你。"

"学姐？"

"我会看着你。茜理很强。你的空手道能击倒任何怪物。"

然后我在把右眼的意识集中在猿拔女身上的同时，也移向了茜理。

"干掉它，空手家。"

一时间，茜理的动作停止了。

然后她低低地笑了起来。此前滴水不漏的姿势突然变得散漫，脖子左右摇晃着，发出嘎吱嘎吱的声音。

"嗯——呵呵——果然是这样嘛！我很强。呵呵。"

"茜理？"

夏妃惊讶地出声叫她。

"小夏，对不起哦！都是因为我拖拖拉拉，害你的牙被拔掉了。呵呵，我也，呵呵呵。"

"茜理，你怎么了？"

"没什么哦。只是很火大，竟然有人敢伤害小夏。别瞧不起人了，你这个臭老太婆，看我不让你整张嘴都变成假牙！"

用低沉迫人的声音说完，茜理一蹬地面。

一记我从未见过的惊艳跳踢正面击中了猿拔女。

对方一阵踉跄，茜理着地后又连踢几记。

拳打、肘击、指戳、脚踢、头槌，茜理以肉眼看不清楚的速度连续使出。每次发出钝响，猿猴干尸的碎片和牙齿就像黑白的血滴般四下飞溅。

我不了解武术和格斗术的相关知识，所以不知道发生了什么，但从夏妃和鸟子断断续续发出的"哇""欸""噫""啊"等惊叹声推断，战况相当惨烈。说起来除了我之外，在其他人看来猿拔女都是人类的样子。

这招在猫咪忍者事件中我只用了一刹那。当我用右眼凝视人类，那个人就会陷入轻微的疯狂状态。在绝境中得到发狂的空手道怪兽相助，没有比这更让人安心的事了。

仅限她站在我们这边的时候。

现在的茜理只是挣脱了理性的桎梏，并未被赋予触碰到"里世界"存在的特殊能力。只要我还用右眼看着敌人，物理攻击对"里世界"之物就能奏效——无论攻击手段是子弹还是拳头。

"我说，空鱼，已经够了吧？"

鸟子心有疑虑地拍拍我的肩膀。仔细一看，猿拔女已经倒地，茜理站在上面，正以极快的速度连续击打着它。在我的右眼中，映出了周围散落一地的牙齿和四分五裂的猿猴干尸。

我把右眼的意识撤走，向茜理喊道："茜理！到此为止！"

茜理的动作骤然停下。与此同时，一阵风吹散了地面的残骸。我不禁用手挡住脸。风停后再睁开眼睛，那里已经空无一物。

"咦……不见了？"

夏妃呆呆地嘟囔了一句。

我把右眼的意识移开，环顾四周。不知为何，周围荒凉的气氛变得淡薄，就连氛围也变了。

说不定我们在不知不觉间，差点就被拉进了那个危险的中间领域里。

眼睛闪闪发光的茜理从原地飞奔而来。

"学姐——做到了！我做到了！"

气喘吁吁跑过来的她简直就像一只大型犬。嘴角还滴着血。她没刹车，直接一把抱住了我，差点没把我撞倒。

"咕呃——"

"我打倒那个怪物了！多亏学姐看着我！"

"嗯、嗯。辛……辛苦你了。"

被牢牢抱住甩来甩去的我回答道。

"哈啊——不知道怎么回事，我现在感觉超级爽快！就像甩掉了心中一直以来的枷锁一样。"

"这、这样啊。那真是太好了。"

"是！而且……被学姐注视着时，心跳得超级快。这是为什么呢……"

"那个是，你……你的错觉吧。"

"茜、茜理……"

夏妃带着哭腔喊道。她嘴边也滴着血。茜理唰地放开我，这次她猛地抱住了夏妃。

"小夏！对不起对不起！你看见了吗？我是不是很强？"

"嗯、嗯，超级帅的。虽然有点吓人就是了。"

"哼哼，对吧！"

茜理抱着比自己高的夏妃转来转去。

"茜理都是最强了嘛,已经强到不需要我了。"

"你在说什么呢?"

"因为我一点忙都没帮上。纸越学姐才更……"

"小夏,小夏,没这回事。好啦,别哭了。"

"我没哭!只是因为茜理老是学姐学姐地说个不停。"

"好啦好啦,没事的,好吗?"

茜理抱着夏妃,抚摸着她的头和背宽慰她。

"小夏妃和小茜理关系可真好。"

鸟子悄悄对我说。

"好像是这样,她刚才还跟我说茜理很可爱。"

我答得兴致缺缺,鸟子斜睨了我一眼说道:"空鱼,你刚才用右眼做了什么,对吧?"

"嗯,算是吧。"

"不要太欺负茜理哦,很可怜的。"

"我知道的啦。"

"你真的知道吗?看着我,空鱼。"

鸟子莫名有些不开心,放着不管的话感觉又要开始说教了。看着那两个把我们置之不理,亲密无间的人,我试图扯开话题。

"鸟子也和小夏妃一样,经常说我很可爱,对吧?"

鸟子默默回望着我,眼睛眨得好快。没想到这个问题会令她这么慌乱。

"……好像是吧。"

"看到哪里让你这么想的？"

"欸……眼睛……嘴……头发什么的？"

"这样啊——"

关于自己的喜好没有给出多少情报啊？

这时，终于冷静下来的夏妃和茜理走了过来。

"学姐，这起'事故'就这么解决了对吧。"

"嗯，大概。从至今为止的经验来看，打倒了那个东西，就能让'怪异'失效。"

"那个壶什么的放着不管没事吗？"

"集中起来烧掉，或者当成垃圾扔掉我觉得都行。"

听了我的回答，夏妃长长地叹了口气。

"太感谢了……辛苦了。"

"辛苦了！"

茜理大声说道。明明只是做了平时和鸟子两个人做的事，却好像参加了体育社团的活动一样，感觉怪怪的。

"啊，对了！你们俩都把自己的牙齿捡起来比较好。"鸟子像想起了什么一样说道，"泡在牛奶里，马上去找牙医说不定能弄回去。"

"真的吗！"

"哇，那要赶紧了。"

两人慌忙转过身，捡起留在地面血泊中闪闪发光的白色牙齿。

她们从后门进了屋，准备牛奶。我一边跟着一边问道："这次的'这个'是以什么为契机发生的，你有头绪吗？"

"契机？"

"小茜理那时候是在收了奇怪的护身符之后开始的。市川你曾经拿过别人的什么东西吗？"

"没有啊……不过，和那个可能有关系。"

"什么？"

"不久前我看了一个视频，讲恐怖故事的。YouTuber的那种。"

"在网上吗？"

"是的。故事本身不怎么恐怖，内容我已经忘了……里面这么说的：'知道了这个故事的人会被传染。'是那种'后果自负型'怪谈。"

会传染的"怪异"，倒是挺常见……

"虽然我不信啦，但回头想想听了那个的第二天，猴子就出现了。"

"嗯——是什么人讲的？"

"一个女生，好像……自称'露娜大人'来着。"

"这样，'露娜大人'啊。"

"是的，啊，我想起来了。她叫'Urumi Runa'。"

Runa……月亮吗？ Urumi……润……

"……？！"

下一刻，我和鸟子无言地凝视着夏妃。

"欸……怎么了？"

"闰间冴月？！"

"个子很高？头发很长？眼神很凶？戴眼镜？是年长的女性吗？"

鸟子飞快地说了一堆。

"不，不是长这样的。硬要说的话是个小孩，大概是高中生吧，穿着水手服。"

"水手服——"

我看向鸟子，对方摇摇头。闰间冴月似乎不是那种上了年纪还去穿水手服的类型。

"是什么故事呢？完全不记得了。"

夏妃没察觉到我们之间弥漫的紧张感，兀自说道。

7

三天后，我们再次在小樱家里的接待室集合，顺便向她报告这次事件。我、鸟子、以及茜理。为表示感谢，茜理带了铜锣烧和比较高档的日本茶当伴手礼。果然之前难喝的茶不是我的错觉。

"听了你们说的，我也去查了一下。确实有这么一个视频主播存在过的痕迹。"

小樱一边敲着笔记本的键盘一边说。

"痕迹是指？"

"有人上传过名叫《露娜大人的Binaural[1]怪谈》的视频，YouTube上有两个，Niconico上有一个。但都是从别处转载过来的，已经被删了。没有叫作'UrumiRuna'的账号。但在推特上有几条提到了这个名字的帖子，说'露娜大人的视频超级恐怖'什么的。我觉得她可能是那种在某个地下网站里小有名气的主播。"

"那，也就是说小夏看了转载的视频对吧。"

"恐怕是的。小空鱼，你知道'后果自负型'怪谈吗？"

"知道。是一系列网络怪谈，内容间有着微妙的联系，并宣称读了故事的人也会遇到'怪异'。'看了之后不管发生什么，后果自负哦'——大概是这个意思。"

"原来如此。那些被删掉的转载视频，好像就是'后果自负型'的。"

"'猿拔女'的故事里，也有部分'后果自负'的内容……咦？莫非——"

我抬起头，对上小樱认真的视线。

"小空鱼——那家伙，不会是在故意散播这些视频吧？"

"我也这么觉得。"

"怎么回事？你们不要只顾着自己明白啊。"

鸟子没跟上我和小樱的对话，闹别扭似的说道。

---

[1] Binauralbeats，双耳差频，指两耳同时收听强度相同、频率略有差别的音调。

"总而言之……可能有人正在通过'里世界',故意散播某些具有传染性的'怪异'。"

"就是那个叫'露娜大人'的家伙吗?她有什么目的?"

"什么目的呢,可能是愉快犯[1]吧。"

"如果不是这样的话……是为了让'里世界'与人类产生接触?"

"产生接触,然后呢?"

我摇了摇头。在推测上堆砌推测也无济于事。

"我也稍微调查一下吧。好几年前我就把'后果自负型'网络怪谈都看了一遍,但也完全没被卷入什么怪奇现象当中……"

小樱和鸟子用史无前例的怀疑目光看着我,我的话戛然而止。

"怎么了?"

"不是怎么了的问题。"

"空鱼,你知道自己在说什么吗?"

"欸,什么?我知道啊……"

两人严肃的视线毫无放松之意,说到最后,我的声音逐渐变得含糊,闭上了嘴。

干吗啊。

"不过,不愧是学姐……关于都市传说的知识好丰富啊。"

茜理没夸到点子上的赞赏让我浑身难受。

---

[1] 愉快犯指借由犯罪行为引发人们或社会的恐慌,然后暗中观察这些人的反应以取乐的犯罪者。

"先说好，我对都市传说几乎没兴趣。"

"欸？"

听了我的话，不只是茜理，就连鸟子也惊讶地睁大了眼睛。

"是这样的吗？"

"嗯，完全没有。"

"欸，那……学姐你对什么有兴趣？"

"实话怪谈。"

"哪里不一样呢？"

"嗯……要聊这个吗？说来话长，你们也没兴趣吧。"

"请说吧。我想听！"

茜理不肯罢休，我只好不情愿地开口：

"那我说了……所谓的都市传说，就是'传闻'对吧？'这是我朋友的朋友遇到的'——之类，说得跟真的一样，但既没有明确的出处，也没有源头。"

"实话怪谈呢？"

"实话怪谈是人们直接遭遇了'怪异'之后的'体验谈'，当事人和报告人都明确存在。不同的人可能会有不同的看法，但我自己是这么下的定义。"

"空鱼只对这种有兴趣吗？为什么？"

"因为都市传说都是假的。"

我这么说，但鸟子好像没听懂。

"实话怪谈也可能是以'实话'为名编出来的啊？"

"但起码信息来源是清晰明了的，光是这一点两者就完全不同。"

茜理苦思冥想着。鸟子也在思考。小樱大概知道其中的区别，漠不关心地大口吃着铜锣烧。

都市传说和实话怪谈对我来说区别相当大，但这些区别对大部分人来说很无聊吧。

大家都喜欢都市传说，追求浪漫与冒险。但高中时期的我希望逃到一个不属于这个世界的、切实存在的地方去，追求的是怪谈的真实性。

我寻找的不是"不知道谁传出来的流言"，而是某个人经历过、写出来的"真实体验"。实话怪谈中提到的恐怖故事、奇妙故事、不明所以的故事……它们对我来说，都是"报告书"，是通往另一个世界的线索。

"网络传说算哪一种？都市传说？实话怪谈？"鸟子问道。

"网络传说指的是网上流传的民间传说，单指传播媒介而已。无论是都市传说还是实话怪谈，在网上流传的话就是网络传说。"

"啊，原来如此，我懂了！"茜理啪地一拍手，"所以学姐在我聊都市传说的时候才一点反应都没有啊！"

"嗯，算是吧。"

"我知道了！那下次我会好好准备实话怪谈的！"

"不，不必了。"

"为什么？"

哪有那么多为什么，这次你不就为我准备了实话怪谈吗？

总觉得茜理找我商量的都是些关乎中间领域的危险案件啊？这一疑问在我心中逐渐膨胀起来。不能随意使用枪，却面临着物理层面上的危险，某种意义上说比在"里世界"更容易丧命。

我又不想体验恐怖经历。

我想去到不属于这里的，另一个未知的世界。为此，多多少少的恐怖是打不倒我的。仅此而已。

"说起来小空鱼，你的头发长了呢。"

小樱像刚发现一样脱口而出。

"是啊。鸟子说就这样也挺好的，小樱你觉得呢？"

"不是挺好的嘛。你的头发很柔顺，留长了也很合适吧。"

和鸟子说了一样的话——这么想着，我有点想笑。两个人都这么说的话应该没错了。

"那我试着留长点。"

这么说完，我发现茜理正目不转睛地盯着自己。

"怎么了？"

"啊，没有，我刚刚发现——学姐你留长头发的话，有点像闰间老师呢。"

"……哈？"

"虽然气质和体格都完全不同，但留长发、戴着眼镜默默站在那里的话，从远处看会有点像吧。"

"这……这样吗。"

我不知该作何反应，用求助的视线看向鸟子和小樱，却发现两人都僵在了沙发上。她们目瞪口呆地注视着我，就像突然发现了一直没觉察到的事实。

那么——我到底该把头发留长呢，还是剪了呢？本来无足轻重的选择，没想到却酿成了这么复杂的情况。

Otherside Picnic

档案11
倾听耳语，后果自负

1

再次看见闰间冴月,是在我走出池袋的淳久堂书店之后。

这是一个周六的下午。我和鸟子在淳久堂一楼会合。最近我们俩经常在池袋见面,我住在埼京线的南与野站,鸟子住在山手线的西日暮里站附近,要去西武线上的石神井公园,也就是小樱家时,在池袋会合刚刚好。

其实各自前往小樱家也可以,但不知道为什么,不知不觉间就养成了这样的习惯。记不清是谁先提议的了,大概是鸟子。

我付完账离开柜台,刚刚还在浏览文学类新刊的鸟子迎了上来。

"久等了。"

"你买了什么?"

"野营和野外求生相关的书。"

要想进入"里世界"探险的下一个阶段,就必须考虑在那边过夜的方法。虽说夜晚的"里世界"很危险,但如果在天黑前就要回来,行动范围实在是太小了。为了出远门,我们必须确保夜间的安全,为此就算临时抱佛脚,也得学点野外求生技巧才行。

好在不久前刚迎来一波野营热，出了很多能作为参考的书。今天在等鸟子时我就顺便挑着买了几本。

"不用买这些书，我也会教你的。"

鸟子不满地说。据说小时候鸟子的家人教过她，她好像有野营的经验。但是……

"你不是说学的东西都忘得差不多了吗，鸟子？"

"上手做一下就记起来了。"

"又随随便便说这种……"

"不是随随便便啦！有身体记忆，所以没关系。"

"知道了知道了，会让你现场教我的。"

说话间，我频频感觉到来自其他人的视线，看向鸟子时与她四目相对。

"怎么了？"

"啊，不，没事。"

"这样啊——"

我撩起长得及肩的头发，鸟子有些尴尬地转移了视线。

"果然还是把头发剪了吧。"

"欸……为什么？"

"不行吗？"

"也不是不行。"

"是呢，鸟子和小樱都说长头发比较适合我。"

"不是长头发比较适合,而是长头发也很适合你……我觉得。"

鸟子故意不看这边,我闭上一只眼睛瞄着她的侧脸。怎么,嗯?做了什么亏心事吗?

实际上,我知道鸟子态度异样的理由。她之所以会变成这样,都是因为濑户茜理的一句话。

空手家曰——留长头发的我,和闰间冴月有点像。

"是吗?"我想道。对方比我高得多,眼神也更凶。只有黑发这点相似而已。而且,闰间冴月的人品可比我卑劣多了,不要把我和她相提并论。

……本来半开玩笑就能带过的,但看上去这句话给鸟子和小樱带来了意想不到的暴击。刚好又在两人联合劝我留长发之后,尴尬倍增。毕竟她们俩还没从冴月失踪的伤感中恢复过来。

顺带一提,上次庆功宴在小樱家吃了披萨,空手家也参加了。不管怎么说她也是直接和"猿拔女"交手——或者说单方面殴打过对方的MVP,不可能把她赶出去再开庆功宴,这样太残忍了。但在把掉的牙齿安回去之后马上吃披萨,事后想想或许这并不是个好选项。

总之从那以来,我就经常感觉到鸟子对我怀着微妙的歉疚感。虽然我自己并不介意。

真的不介意。

我走在变得有点安静的鸟子前头出了书店,站在了等绿灯的人群后面。

马路上，来往的车辆川流不息。路中央留有一小块人行道，就像河中岛一样。两条人行横道夹着河中岛，连接着两岸。

我抬起头，骤然间僵住了。

在人行横道另一边——那里有一家拉面店，许多外国游客正排着队等待。店铺前和这边一样，挤满了等绿灯的人。

其中，又出现了那家伙的身影。

黑色长发，戴着眼镜，身材高挑的黑衣女人——闰间冴月。

"空鱼？怎么了？"

似乎是发现我的样子有点奇怪，身旁的鸟子惊讶地问道。

我没能回答。鸟子稍稍屈膝，以和我同样的视线高度看向马路对面。

"有什么在吗？"

她说。我窥视着鸟子的侧脸，她看上去完全没有察觉到异常。那，果然只有我才能看见"那个"。

这么想着，我再次看向那边，只见闰间冴月宛如从照片剪贴下来的一样，与周围格格不入。她垂着头一动不动，就像一张静止画——和我在"里世界"遇到时无异。

说曹操曹操到，谈"怪"而"怪"至。虽然有这样的说法，但明明没有谈论却出现"怪"，这不是犯规吗？

交通信号灯变绿了，周围的人潮开始移动，遮住了我的视线。一瞬间，闰间冴月消失了。

当"对岸"再次出现时，已经不见黑衣女的模样。

"空鱼。"

鸟子把手搭在我的肩上。我"呼——"地叹了口气，摇摇头。

"抱歉，走神了。"

鸟子皱起眉头盯着我的脸。

"没事吧？"

"嗯，已经没事了。没什么。"

"没事就好。"

她担忧地摸摸我的手臂，方才松开手。

虽然现在已经几乎没有了，我有时候会非常罕见地，因为之前的恐怖经历闪回而失去意识。鸟子也有过这样的经验，所以对我的说法毫不怀疑。

我一直害怕的事成了现实。

遭遇"山之件"时出现在"里世界"的闰间冴月的影子，在那之后再也没出现过。不可能就那么结束，一定还会再出现，说不定还会到"表世界"来……我一直担心着这件事，不幸的是，我的猜想成真了。

怎么办——惹上麻烦了。

要是之后也一直被缠着，我可受不了。只有自己看得见也还好，但想瞒过鸟子可要费一番力气——

半陷入沉思的我正要走过人行横道时，眼前一辆车风驰电掣地驶过。

"小心点空鱼！很危险啊，你在干什么？"

"欸，咦？不是绿灯？！"

我迷惑地抬起头。不知什么时候，信号灯已经变成了红色。而且我们所在的也不再是原来的人行道，而是夹在两条人行横道中间的车道河中岛。

"……哈？为什么我在这里？"

"我说，你真的没事吗？空鱼，你自己晃晃悠悠地走到这里站住的哦？不记得了吗？"

听了鸟子的话，我终于厘清了事态。

那，我是——真的失去了意识吗？

汽车相继从我眼前驶过。要是我没回过神来，再向前走一步的话，现在已经被车轧了吧。

明明想瞒过鸟子的。

通往车站的路开始变得拥挤，车流的速度慢了下来。一辆风俗店的招聘广告车停在了我们面前，从卡车喇叭中传出讴歌着高收入的广告歌曲。车体上画着好几个女子，她们的眼睛和嘴都被涂鸦成了黑色。我的注意力被这幅画所吸引，在听到身后的说话声之前，没注意到除了我们两个之外还有其他人。

"请问，不好意思，请问！"

尖厉的声音吓了我一跳，我回过头，身后站着一个四十五岁左右的女人。

开线的毛衣，皱巴巴的短裙，穿着一双凉鞋，肩膀上斜背着一个巨大的黑色挎包。她的头发油腻腻的，身上传来一股奇怪而刺鼻的线香味。

女人看着鸟子，用热切的语气说道：

"手！手！"

"啊？"

"手，这是那个对吧？你，照片的。"

鸟子和我面面相觑，完全不知道对方在说什么。

"我在博客上看见了，一直觉得好美啊，然后就一直带着这张照片，打印了出来。"

女人掀起挎包的包盖，露出里面装着的东西。包里放着好几册文件，书脊上各用粗马克笔潦草地写着《谢谢》《对不起》《梦DREAM》《！！！恶魔！！！》。女人拽出《谢谢》打开，拿出一张照片。

"这张，是这张，这是你对吧！"

出现在我们面前的，是鸟子的照片。

照片上，鸟子正坐在电车座位上看着手机，她的左手裸露着，能清楚看出是透明的。透明的范围只到半截手指。从她没戴手套这一点来看，大概是在遭遇八尺大人之后吧。

"这是什么，为什么——"

鸟子正要说话，女人便喋喋不休起来。

"我一直在找你，拥有光辉之手的贵人。这么美丽的贵人世间罕有，所以我觉得应该不难找到，照片是在山手线拍的，所以我每天都在山手线沿线的各大车站巡逻，果然让我抓到你了。能像这样如愿见到你，真是心诚则灵，万物皆有因果。"

我的脑子倏然冷了下去。

"变成绿灯我们就跑。"

我默默挡在了女人面前，对身后的鸟子说道。

"空——"

"别叫我的名字！"

鸟子在千钧一发之际住了口。我不想让这种家伙得知任何个人信息。

女人像是终于发现了我的存在般，睁大了眼睛。

然后她转向我，伸出了握成拳的左手。大拇指从拳头的食指和中指间伸出。

"你住手！别看我！"

女人一边说着一边用左手对着我的脸。

身后的鸟子比我先发出了怒吼。

"你要干什么？住手！"

"邪视！这是邪视啊！啊啊啊，不能把这样可怕的眼睛对着别人！别看我！！"

鸟子好像只是把这个手势当成了攻击手势，我却知道她在做什么。这是驱邪的动作。世界各地都有关于"邪视"的传说，据说看到邪视会带来灾祸。为了对抗邪视,要做出低俗手势的说法也很常见。没想到自己竟然会有被这么做的一天……

怎么看都是迷信行为,但在目前的情况下,倒也未必是错的。毕竟我的右眼真的能让人发疯。这么一想,就变得有趣了。

我的想法似乎从脸上表现了出来,女人挑起眉毛高声大叫。

"你在笑什么!你这个不三不四的小鬼!母狗!撒旦!"

要不要说句"没用的!"来吓吓她——这个想法一瞬间掠过脑海,但我还是放弃了。刺激这种人也没有任何好处。

"走吧。"

正好这时信号灯变绿了,我喊上鸟子,转过身,绕过挡路的广告车跑上人行横道。我故意钻进从对面涌来的人海里,从背后传来女人的叫声。

"等等!请等一等!起码让我看一眼,那只闪耀的玉手——"

没等她说完,我们就混进了池袋的人潮中。

2

"恭喜,你有粉丝了。"

听了我们的讲述,小樱嘲弄地说。鸟子恨恨地吐出一句。

"别说了……就算是开玩笑也很讨厌。"

从未见过鸟子皱眉皱成这样,我的目光不由得被吸引了。鸟子平素不拘小节，很少会表现出对什么事物的嫌恶感。

"喂，空鱼！"

"欸？啊，嗯！"

因为走了神，我回答得十分敷衍。被对方怀疑的视线审视着，我移开了眼睛。

和鸟子甩掉那个女人后，我们来到了位于石神井公园的小樱家。虽然是按计划到达的，但由于去车站路上一边警戒着周围一边绕了远路，所以迟到了。到的时候已经很晚了。不过小樱的房间一直拉着窗帘，十分昏暗，倒也没什么关系就是了。

"你发现自己被拍照了吗？"

小樱慢慢敲打着键盘一边问。

"我记得自己在电车里被拍过照，很久之前的事了。因为觉得很讨厌，所以戴上了手套……但只有那一次。"

"那一次的照片被发到了网上，获得了狂热粉丝吗。"

"都让你别说了！"

"起码也来个可爱点的吧。"

"不是这个问题！"鸟子大声说，"单方面向别人宣泄自己的感情很恐怖的。她还对空鱼说了过分的话，我饶不了她。"

"知道了知道了，抱歉啦。"

小樱漫不经心地道了个歉，把手从键盘上拿开，靠在了椅背上。

"找不到啊。"

"什么？"

"你的照片。"

小樱在一个显示屏上打开了浏览器，她好像从刚才开始就一直在网上搜索。昏倒在电车里的醉汉、打扮奇怪的乘客照片在图片搜索页面上一字排开。看来小樱刚才并不仅仅是在打趣。

"我把能想到的关键词都搜了一遍，但完全没搜到。那个女人是怎么找到的？"

"我记得她说自己是在博客上看到的。"

"博客啊，能轻而易举地设置成私密所以很难追踪到吧……"

"说起来——那边的调查怎么样了？"

听了我的询问，小樱皱起眉头。

"完全没进展。之后我也搜到了关于那个名字的痕迹，但视频本身还是找不到。小空鱼你那边呢？"

"我也一样。我套了很多个汉字去搜，也出现了几个可疑的，但网址都已经打不开了，也没有缓存。"

"YouTube 和 Niconico，还有什么网站来着？那些估计我也看了，全都被删了。"

"线索只有 Google 搜出来的只言片语，都像是转载的。"

这时鸟子插嘴说："那个，你们现在说的是'Urumi Runa'的视频吗？"

"嗯，是的。"

怪谈视频主播——UrumiRuna。最近我和小樱正在调查这个神秘人物的身份。

一开始的情报是由空手家——学妹濑户茜理的儿时玩伴，市川夏妃带来的。

夏妃说，自己在被"猿拔女"缠上之前，看了自称"Urumi Runa"的人上传的怪谈视频。

我推测夏妃之所以会被卷入"怪异"当中，正是因为这个视频。因为她看的是会传染给听众的"后果自负型"恐怖故事。虽然本人已经不记得具体内容了。

"看了就会被诅咒"的"后果自负型"怪谈指的是一系列故事，内容是一群年轻人潜入废墟的某个房间，或是被封印的"不能打开的房间"，被某种东西附身后死去。不同讲述者口中的内容却十分相似，因而人们怀疑这些事件之间有着某种关联。说到它们的共同之处，包括追杀牺牲者的怪物名字（有山西、山岸、根岸等说法）、攻击眼睛、扯头发的描写、与灵能者商量时被怒斥等。

我怀疑那个视频是为了让观众与"里世界"产生接触而设的局。小樱也和我意见相同。也就是说——有人正在散播"后果自负型"网络怪谈，目的是让随机人群被"怪异"所传染。

那个人正是"Urumi Runa"。

我们对这个推测十分笃定。

原因在于她的名字。

Urumi，Runa。

"润"和"月"——和闰间冴月实在是太相似了。一开始我甚至以为是她本人的化名。但根据市川夏妃的证词，"Urumi Runa"是个身穿水手服的女高中生。无论是小樱还是鸟子，都对这号人没有印象。

实际上，我比她们二人更清醒，在我看来，这家伙可能也是闰间冴月担任家教时勾搭上的一名冴月Fan girl。她们俩应该也持有和我一样的疑问，但因为对冴月恋恋不舍而未能说出口。

总之，我们必须找出被评论区称作"露娜大人"的这个主播与闰间冴月之间的关系。然后，不管她是不是故意的，必须阻止她胡乱把人卷入"里世界"的这种行为。太危险，也太碍事了。

——以上这些前提和说明，在小樱面前无需多言，双方看法基本一致。所以我们俩说话时总会不自觉地把鸟子扔在一边。每到这种时候，鸟子露出的别扭表情都很可爱。

因此我冷淡地答了一句，接着和小樱说起话来。

"视频原网址好像大多在手机视频网站上。"

"是哪个呢……说实话我不太了解手机用的网站和APP，你们俩比较年轻，应该有什么头绪吧？"

"我完全不知道。"

"明明两年前还是个JK[1]？"

1　JK来自日本流行网络用语，意为女高中生的简写，通常指日本女高中生。

"那种都是有很多朋友的人才会用的啦。"

"鸟子呢？"

"我参加的是大检[1]，基本没去上过高中。"

"什么嘛，这个房间里怎么都是孤家寡人啊。"

小樱无语地叹了口气，鸟子摇摇头。

"现在已经不是了。"

"哈哈，感动落泪。"

小樱用鼻子嗤笑了一声，把椅子转回屏幕的方向。

"再问问两个小学妹怎么样？她们比你们小。"

"虽然我不太想，但这应该是个好办法……"

我不情愿地回答。我不想再把茜理和夏妃卷进来了……先不说夏妃，茜理那家伙放着不管的话又会带来其他麻烦事，很恐怖。

"不知道搜索结果以后会不会也消失不见，截个屏比较好哦。"

小樱在浏览器的搜索栏中键入"Urumi Runa"几个字，按下回车键。

然后，她的动作僵住了。

"……欸？"

"怎么了？"

小樱默默指了指屏幕。

1　大学入学资格检定的略称，类似中国的同等学力考试。

我和鸟子站在小樱两侧盯着屏幕,浏览器里只出现了一条结果。

《润巳露娜的耳语怪谈　蓝眼睛的女人》。

"喂,这个是念 Urumi——对吧?"

"我觉得……是的,大概。"

"小空鱼,之前有这个视频吗?"

"我也是第一次看见。"

"上面写着蓝眼睛的女人……"

鸟子和小樱一齐盯着我的脸,让我浑身难受。

"不是,这个你想,可能是关于人偶的怪谈吧?法国洋娃娃之类的……"

"可你不觉得来得太巧了吗?"

确实来得很巧。之前怎么搜也搜不到的东西,就这么突兀地出现了。简直就像算到了我们这边的动向一般……

时空大叔事件中,出现在小樱家门口的那三个大婶不由分说地掠过我的脑海。

一直寻找的情报出现在了眼前,我们却一时间呆在原地,只是凝望着屏幕。

从搜索页面上得到的信息很少,我们知道的只有链接的 URL 来自 YouTube 而已。预览图上显示视频的长度为四分三十秒。

"播放……看看吧。"

"欸?"小樱瞪圆了眼睛仰头看着我,"慢着,这不是'后果自负型'

怪谈吗？"

"毫无疑问是的。"

"你明知道这一点还要打开？绝对会出来什么东西的！"

"就算有什么东西出现，有我和鸟子在也能对付。对吧，鸟子？"

我征求鸟子的同意，她微微一笑。

"嗯。因为我们是专家嘛。"

"不不不不。"小樱疯狂摇头，"你脑子不正常了吗！在得意个什么劲！？"

"但不点开什么都不知道啊。"

"不是，所以我说——"

"我来点，鼠标借用一下。"

"不要！不要不要不要！"

小樱大叫一声，连人带椅子骨碌碌地后退，撞倒了堆在地板上的书山后停下了。她以我从未见过的速度砰地跳下椅子逃到了走廊里。

"小樱？"

"我绝对不会看的！你疯了吧！"

从走廊深处传来怒吼，然后啪嗒一声，某处的门关上了。

"这对小樱来说太残忍了，空鱼。"

"说的也是。"

我把视线从门口转回鸟子身上。

"虽然刚才那么说，但我觉得鸟子最好也离开房间。"

"为什么？空鱼要看的话我们就一起看。"

"谢谢你，不过你也还记得取子箱时候的事吧？"

听我这么说，鸟子的脸上笼罩了一层阴翳。

当时因为我不小心念出了闰间冴月笔记本上的内容，取子箱出现了，我们差点死于非命。虽然闰间冴月也一起出现了，但这是只有我知道的秘密。这次也不知道会发生什么，为此，分散开来，降低风险比较好。

"有我的右眼，就算发生什么异常也能察觉到。所以你去陪着小樱吧。"

"……知道了。"鸟子不情愿地说，"如果发生危险马上叫我。"

"我知道的。"

"视频有四分三十秒……那如果你过了五分钟都没叫，我就冲进来哦。OK？"

"OK。"

我回答后，鸟子仍然皱着眉头紧盯着我。没事的——我正要说，她突然动了。

下一个瞬间，我被鸟子紧紧抱住了。

"欸？！"

我发出怪声，僵在原地。脑子里满满的都是鸟子的体温、鸟子的气味、鸟子的柔软和结实的肌肉触感。

不知道过了几秒，抱了我一会儿之后，鸟子放开了。

"注意安全。"

"知……知道,没事的。"

我回答,仍然有些慌乱。说实话被抱之前可比现在冷静。

目送着一脸担忧的鸟子出了房间,我关上门。

啊……吓死人了。

希望鸟子不要再突然做那种事了,我都不知道该怎么办好了……

我从包里取出马卡洛夫手枪,拉开套筒确认子弹装填情况。然后用一只手拿着枪,朝桌子俯下身去,抓住了鼠标。

其实我也很害怕,但没时间犹豫了。不快点的话忧心忡忡的鸟子就要回来了。

我呼地吐出一口气,试图让自己冷静,然后点开了链接。

链接跳转到了 YouTube 的页面。播放次数不超过十次,上传视频的人叫作"urmrn"。视频说明里什么都没写。我双手握住马卡洛夫的枪把,注视着屏幕。

几秒钟的黑暗过后,屏幕上出现了一名身穿水手服的少女。

横向的画面。从下往上的拍摄角度,映出的只有从嘴到腹部这一段。背景是——怎么看都像废墟的肮脏水泥墙。我把意识集中到右眼,寻找有无异常征兆。对面不知道是什么情况,起码房间里,电脑周围并未出现银色的磷光。

"晚上好。我是润巳露娜——"

——怎么回事？

听到她声音的瞬间，从耳朵到脖子，再到后背，一阵冰凉的酥麻感向下蔓延。感觉有什么沿着脊梁流了进来。

"初次见面的观众，初次见面，你好。不是初次见面的观众，我们又见面啦。呵呵。"

听上去未加雕饰，是外行的声音。应该不是声优、主播等受过训练的专业人士。非要说的话，说话并不是很流利，但声音本身有着一种令人难以抵挡的魅力。

"请注意哦。接下来听到的东西，后果自负。听完后，你身上可能会发生些什么。要是不愿意的话，请马上关闭视频。"

每当少女开口，酥麻感便越发强烈。简直就像在我的双耳旁低声细语一般。

第一次听到这样的声音。似乎有什么东西嗖地钻进了我的耳道，在脑中掀起旋涡。我的意识像被吸进了那个旋涡，滴溜溜地旋转着，下坠。"准备好了吗？那么，再说一遍——欢迎来到润巳露娜的耳语怪谈。今天的故事是，蓝色，眼睛的女，人啊啊啊啊啊啊啊啊啊啊啊啊啊啊啊啊啊啊啊啊啊啊啊啊啊啊啊啊啊。。。。。。。。。。。。。。。。。。。。。。

。。。。。。。。。。。。。。。。。。。

。。。。。。。。。。。。。。。。。

。。。。。。。。。。。。。。

档案11·倾听耳语，后果自负

"——空鱼！"

"哇啊？！"

耳边传来一声叫喊，我吓得跳了起来。

"没事吧？发生什么了？"

鸟子站在我旁边。我摇摇头，问道："……我，做了什么？说了什么？"

"你只是站在窗边而已。"

鸟子疑惑地看向窗外。

窗户外面——为什么呢？据说我刚才拉开了一直紧闭着的遮光窗帘，站在原地一直盯着外面看。本应该握在手中的马卡洛夫却放在了桌子上。完全不记得自己做过这种事。

外面应该什么也没有，只有长着青苔的围墙。橘色的夕阳照进了房间。

"过了几分钟？"

"五分钟，视频怎么样了？"

听到这个，我看向屏幕。

YouTube的页面变成了灰色，上面显示着一个被圆圈框住的"！"，也就是"找不到该视频"。

"……好像不见了。"

我茫然地嘟哝了一句。

"结果还是什么都不知道嘛。"小樱不满地说，"真是的，在别人家里大吵大闹……"

"大吵大闹的不是小樱你吗？"

"少废话，笨蛋。"

走回车站的路上，我一边漫不经心地听着身后鸟子和小樱的对话，一边思考着。

那个上传视频的人，刚好在那么巧的时候把视频传到了网上，在我看完后又立马撤了回去，仿佛在说"任务已经完成"。简直就像在监视着我们。

我们真的处于监视之下吗？还是说那也是"里世界""现象"的一个侧面呢？无论如何，不可能就这么结束的。那个视频属于"后果自负型"怪谈的话，看了视频的我身上应该会发生些什么才对。

"喂，你们住下来也可以的。已经很晚了。"

"一点都不晚啊，还不到七点呢。"

"马上不就要天黑了嘛！？"

在我身后，小樱一直尖声和鸟子搭话。这是她第一次在我们回去时送到车站。换作平时，都是"赶紧回去""去去去"这种冷淡的感觉，今天似乎是承受不住心里的恐惧了。

"……你都说到这份儿上了倒也可以留下，有备好床铺吗？"

"没有，睡沙发上不就好了。"

"沙发两个人睡不下啦。"

"那就一整晚都醒着好了，反正我也不睡。"

"空鱼，怎么样？"

鸟子问道，我头也不回地回答："小樱，这样好吗？"

"什么？"

"看了视频，接下来应该会有什么东西冲着我过来。跟我在一起的话，小樱你也会被牵连哦。"

"唔……"

"就是。小樱，虽然知道你很害怕，但今天还是一个人睡比较好哦。"

"你们两个人待在一起倒是没什么好怕的！"

"那机会难得，我们去车站前面吃个饭吧。喝点酒的话，小樱的心情也能稍微——"

正说着，有人突然从后面抓住我的头发拽了一把。

"好痛！慢着……住手啦！"

我愤然转过身，小樱和鸟子呆呆地望着我。她们站在距离我约三米的地方。这个距离是抓不到我的头发的。

"咦?"正想着,下一个瞬间,一个站在两人后面的影子映入了我的眼帘。

闻间冴月。

至今为止一动不动的影子,突然动了起来。

黑衣女倏然抬起手臂,伸向鸟子的肩膀——

"鸟子!"

我尖叫着扑了过去,一把抓住鸟子的手臂,尽全力一拉。

"哇?!"

鸟子向前摔倒在地,用手支着地面。

"好痛,怎么,发生什么了?"

我几乎听不到鸟子的声音。

我正站在离闻间冴月咫尺之遥的地方。我想起了八尺大人的时候。当时,确实也是这样的状况。

我慢慢抬起眼睛,闻间冴月正俯视着我。光华灿烂的、蓝色的双眼——比我的右眼颜色更加浓烈,就像通往"里世界"深处的洞穴一般,骇人的双眼。感觉自己似乎要坠入其中,一瞬间,我的意识远去了。

正在这时,响起了汽车刹车的声音,一辆白色面包车停在了我们身边。

我慢了一拍才看向旁边,这时车门已经滑开,车上下来两个男人,抓住了我的身体。

"欸……？！"

还没来得及做出反应，我就被举起来丢进了车里，摔在铺着橡胶垫的地板上，差点没背过气去。在车里的另外两个人按住我，用袋子罩住了我的头。

这些家伙是什么人？

我试图抵抗，从脖子上传来一阵刺痛。被什么扎了——正想着，一阵强烈的睡意袭来，我浑身没了力气。别说抵抗了，就连睁开眼睛都做不到。身旁又倒下了一个人，传来一声呻吟。

——鸟子！

鞋子咔哒咔哒地踏在车上的声音，车体往下一沉。车门滑动着关上了，引擎发出轰鸣，车辆猛地冲了出去。有人在外面大叫，喊着我的名字——

被睡意的波浪所吞噬，我的意识没入了黑暗中。

3

——空鱼……空鱼……

有人在叫我的名字。

——快醒来……来吧……

鸟子？

在哪儿？

——快把,他们……

——快,烧了……

"哈……"

意识突然回来了。我睁开眼睛,视线被罩在头上的布袋所阻隔。透过粗大的网眼,能感觉到微弱的光线。

大概是被下了药,不自然的睡意余韵让我的脑袋阵阵跳痛。全身都很倦乏,恨不得立即躺下。

我试图动弹,发现手腕脚腕都被绑住了。自己似乎坐在椅子上,双手被反绑在椅背后。

"呜……"

旁边传来呻吟声。鸟子也被抓了吗——我焦急地试图开腔时,发现还有其他人在。

"她们好像已经醒了。"

是男人的声音。

身后的脚步声接近,罩在我头上的袋子被取了下来。

视野豁然开朗,水泥地板和墙壁映入眼帘。房间大而昏暗,没有窗。似乎是某处工业设施的废墟。

好几名男女远远围着我们,看着这边。他们的服装打扮各不相同,有的穿着西装,有的穿着T恤短裤。都是些不认识的人。

——不,不对。其中一个人我有印象。

是今天白天在池袋叫住我们的那个可疑的女人。对上我的目光，她大惊失色地背过脸，躲进了其他人的背后。

我转向旁边想确认鸟子的状况时吃了一惊。

被绑在离我几米远的椅子上的不是鸟子，而是小樱。

她似乎还没完全清醒过来，皱着眉，晃着脑袋。

"你们是什么人……没理由绑架我们吧？"小樱用嘶哑的声音询问道，"看上去不像是黑道。目的是赎金？不好意思，我可没多少财产。这家伙也不过是个穷学生而已。你们把我们错认成附近的什么人了？"

"没认错人哦，小樱小姐。"

从背后传来的声音让我脊背一凉。

我记得这个声音。温柔而纤细，就像在耳畔低语一般嗖地钻进脑袋里的，无比魅惑的声音。

踏、踏、踏。脚步渐近，声音的主人从我和小樱之间穿过，在我们面前轻盈地转了个身。是一个身穿水手服和开衫的女高中生。她的头发很长，两边编着环状的三股辫，长发垂落在脑后。女生看着动弹不得的我们，满意地眯起了眼睛。虽然是第一次见面，但我马上就认出了她。

"……润巳，露娜。"

"答——对啦。"

润巳露娜对着我啪啪啪鼓了一通掌，说道："对不起，吓到你们了。身体还好吗？我姑且让他们不要用药效太强的药了。啊，不用在意这些人。不过他们超好用的,我说什么都会听。"她轻声笑了笑,接着说了下去,"啊,然后呢,我有要紧事找小樱小姐。"

"什么啊?"

"想让你告诉我关于冴月大人的事情。"

小樱抬头看着润巳露娜的脸,沉默了一会儿。

"你是为了这个绑架我的?就为了问这个?"

"因为就算我用正常的方式问,你肯定也不会告诉我的嘛。"

围着我们的其中一人拿来了另一把椅子,润巳露娜理所当然地对着我们坐了下来。

"我详细调查过了。你有一段时间和冴月大人一起从事关于Blue World的研究。直到冴月大人失踪为止,你和仁科鸟子都是那位大人最亲近的伙伴,对吧?"

"……"

小樱没有要回答的意思。所谓的Blue World就是这群人对"里世界"的称呼吧。

小樱用厌倦的口气询问道:

"冴月的粉丝啊……你是高中生吧?什么时候遇见她的?那家伙,到底对多少未成年人出手了啊。"

"喔,老粉丝秀优越?很讨人厌哦!小樱小姐。"露娜戏弄似的说,"其实——我没见过冴月大人。"

"啊?"

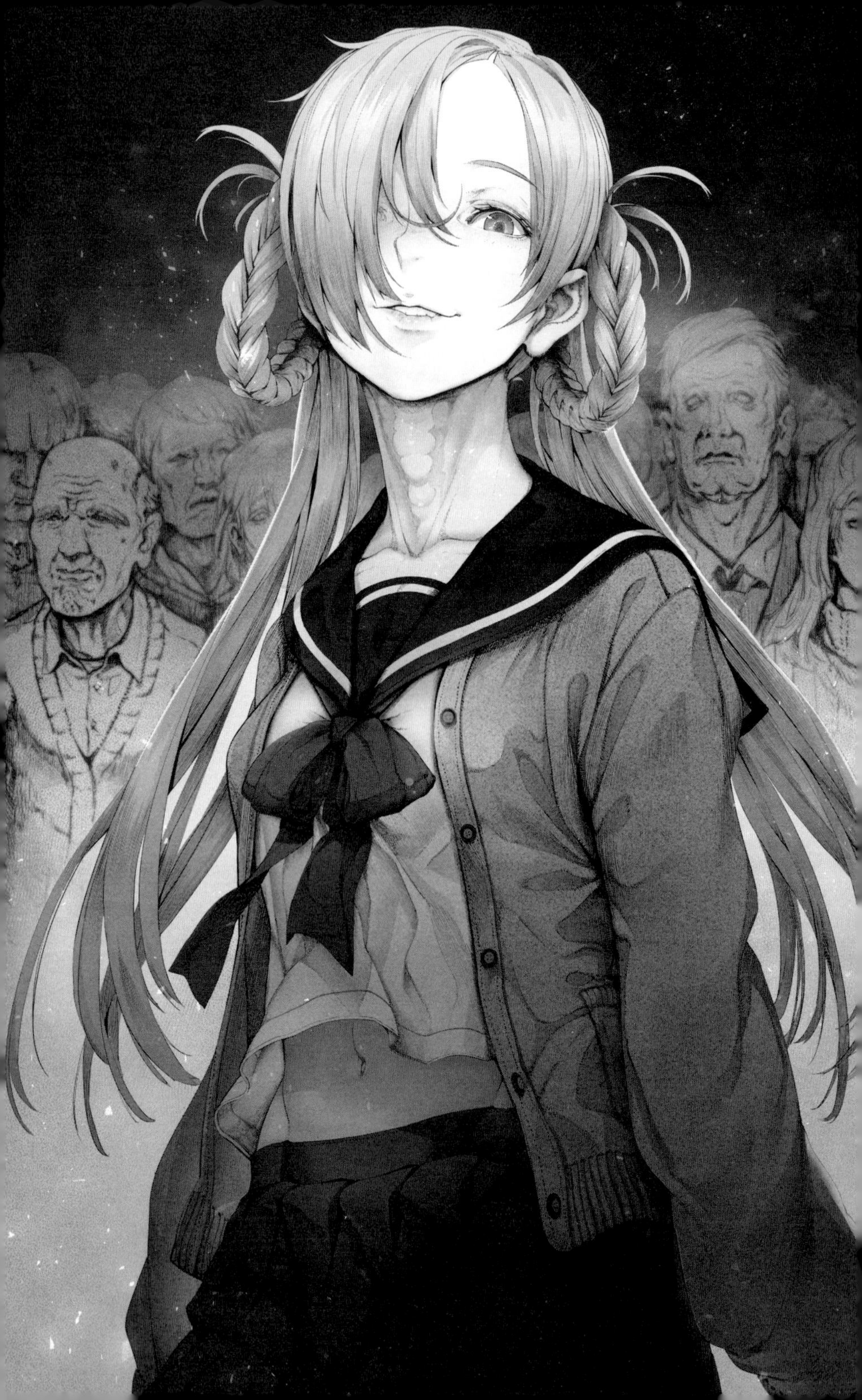

"准确地说，我听过她。但没和她说过话。"

面对着一脸惊讶的我和小樱，露娜洋洋得意地说了起来。

"我从初中就开始当主播了。但当时没什么浏览量，直截了当地说，完全没有人气。我换了APP，也做了很多尝试，视频还是沉了下去……就在我打算放弃的时候，为了借鉴，听了几个别人的ASMR视频。啊，你们知道ASMR吗？"

"Autonomous Sensory Meridian Response。"

小樱秒答。露娜瞪圆了眼睛鼓起掌来。

"真厉害——就那个就那个，大概是对的。"

"……那是什么啊？"

我小声询问，小樱一脸不高兴地回答："自发性知觉经络反应——简单来说，就是为声控准备的视频。收录了剪头发、跳水、翻动书页等听了之后令人愉悦的声音。"

"对对对，掏耳朵啊耳语什么的比较受欢迎就是了……在那时，我听见了从来没听过的声音。"

"你也对R-18的东西出手了？"

"喂，别说这些无聊的话好不好。"

露娜盛气凌人地说完，露出陶醉的神情。

"那是——神的声音。"

我和小樱对视了一眼。

"我现在还清楚地记得，视频标题叫作《Blue World》，预览图是……一个金发的外国女人，大概是随便找的免费素材吧。我听了一下，一开始完全不知道是什么声音。听上去像是风吹过无垠的天空一样。我似乎在逐渐潜入海底。真是不可思议的声音，是什么呢——我一边想着一边听着，然后……神就出现了。"

"神是什么？"

"是一个非常大，非常恐怖的，和人类完全不一样的存在……从声音当中浮现了出来。"

"又大，又恐怖，和人类不一样的存在？那就是……"

我自言自语地说，露娜热切地点头。

"没错！那就是神对吧！当时我真是吓了一大跳。因为听了ASMR脑子里就出现了神啊，根本想不到吧。"

那是当然……

"我吓了一跳，很害怕，但不知道为什么停不下来。就这么听着听着，出现了一个传达神之旨意的女人。她就是——"

"——冴月吗？"

"没错！就是冴月大人！在那一刻我懂了，我活到现在就是为了这个人，今后也会为了这个人而活。回过神时自己已经跪倒在地。冴月大人在那个声音中触碰了我，给了我一份礼物。那就是我的'声音'，是来自 Blue World 的 'Gift'，能让任何人对我言听计从。我已经很清楚，该用它来干什么了。"

"……那个视频，还在吗？"

"你想听吗？不好意思哦，已经没有了。在我听完后，回过神来时就没有了。网上也搜不到，本地也没有保存下来，播放历史里也没有。完全不记得是怎么找到那个视频的，所以我甚至一度怀疑它是不是真实存在过。但它鲜明地留在了我的记忆里，我记得很清楚，还能在脑子里重播。一定是视频变成了'声音'，进入了我的身体中。这就是所谓的'神启'。"

这个故事到底怎么回事？就连存在都值得怀疑的视频在脑海里留下的声音。身份不明的"神"。在这个莫名其妙的故事中，突兀现身的闺间冴月。还有"Gift"——

小樱用低沉的声音询问："所以你因为这个成了冴月的崇拜者？"

"崇拜，没错！我，崇拜着冴月大人。那位大人给了我这个声音。Blue World 的使者……我已经知道她确实存在。无论如何我都想再见她一面。所以，我一直在追寻着那位大人。"

"怎么想都不正常，你们所有人的脑子都已经不正常了。"

"不是所有人哦，崇拜着冴月大人的只有我一个。其他人崇拜着的，是我。"

露娜环顾四周，围着我们的人群热切地点着头。昏暗中，仍然能看见他们脸颊酡红，眼睛湿润。

我知道自己的眉头皱得紧紧的。

果然这群人是邪教吗……

虽然在认出那个"谢谢女"的时候就已经察觉到了，但自己的猜想命中，我一点也不开心。邪教是无法沟通的。不管信仰的对象为何，都是这世上我最不想与之扯上关系的团体。说实话，比起邪教信徒，我更愿意和"里世界"的怪物打交道。

似乎感觉到了我的视线，润巳露娜转向我问道："对了对了，我还有另一件事想问——你是谁？"

"不知道就绑过来了吗？"

"其实是想把小樱小姐和仁科小姐两个人带过来的。结果混进了一个不认识的女孩子，吓我一跳。"

"非常抱歉！！"

从后面传来一声大叫，我一惊，回头望去，四名男子正伏地谢罪。是绑架我和小樱的那几个人吧。

"请原谅我们，露娜大人！"

"请再给我们一次机会！这次绝不会让露娜大人失望！"

男人们异口同声地说，露娜厌烦地叹了口气。

"已经没办法啦，都动手了。然后呢……你是谁？和冴月大人是什么关系？"

"这家伙是我的学生，和冴月无关。"

我还没回答，小樱就开口了。

"学生？你明明没有在大学教书啊。"

"她是个专门为了请教我跑到我家里来的怪人。"

"明明只是个怪人，却好像拿着很危险的东西呢。"

人群中的其中一人把我的托特包拿了过来。露娜探头朝包里望去，用手指捏起装在枪套里的马卡洛夫手枪。

"你也去过Blue World，没错吧？"

我什么也没回答，露娜丢下了马卡洛夫。

"话说回来，你那只眼睛。"她从椅子上站起来，走到我面前盯着我的脸看，"好像不是义眼，也不是美瞳呢。好厉害呀——看了什么能变成这样？"

"露娜大人！很危险，那女人的眼睛是邪视。"

"谢谢女"在后面叫道。

"邪视？"

"是会招致灾祸的魔眼。不能让她看着您，有损您的贵体。"

"欸——真的吗？"

这句话是在问我。就算你这么问我也答不上来。

露娜正说着，一个躲在后面的男人拿着刀走上前来。我悚然一惊，试图逃跑，但手脚都动弹不得。我被用来绑电线的塑料扎带固定在了椅子上。

骗人的吧？怎么可能这么轻易就把别人的眼睛剜下来……我对即将发生在自己身上的事感到难以置信，凝视着微微发亮的小刀，这时露娜笑容灿烂地说："呵呵，开玩笑的，开玩笑的！退下吧。"

听了她的话，男人顺从地回到了原位。露娜俯视着因恐惧而身体僵硬的我微微一笑。

"他们真的很听我的话。大家都超级喜欢我的声音，只要我下达命令就什么都会做。就算不明确说出来，也能像刚才一样读懂我的想法，提前下手。要是我没阻止的话，现在你的眼睛就没有了喔。"她伸出手，拍拍我的脸颊，"但这么做好浪费呀，这么漂亮的蓝色眼睛……这也是来自 Blue World 的'Gift'吗？"

我一言不发，只是呼吸急促地凝视着露娜的脸。

"喂，和那家伙无关。有什么想问的就来问我。"

小樱说。露娜放开我，走向小樱。

"也是呢。本来就是想采访小樱小姐你的。"

露娜绕到小樱背后，凑近她的耳朵。

"那，首先……能告诉我，那个有一只蓝眼睛的女孩子叫什么吗？"

"不……"

小樱发出尖厉的声音，缩起了肩膀。

应该是耳语，但就连隔着一段距离的我也能听见。

刚才的声音也充满魅力，但和现在的不可同日而语。很明显，她切换到了某种"模式"。只是在一旁听着也会受到影响，直接在耳畔响起的话会怎么样呢？

小樱颤抖着，僵坐在椅子上。她的眼睛瞪得圆圆的，脖子上浮现出了鸡皮疙瘩。

"啊……啊……"

"喂告诉我。她的名字是？"

"纸……越……空……鱼。"

"是哪个字呢？"

"Paper 的……纸，和上越[1]的越……"

小樱向她的声音屈服了，开始说出情报。

我突然意识到，围在一旁的信徒们都在注视着被盘问的小樱。每个人的脸上，都是一副艳羡不已的热切表情。这真是无比恶心，最最糟糕的一幅光景。

"原来是纸越小姐啊，请多指教咯。"

露娜直起身子，小樱就像被剪了线的提线木偶一样垂下了头。

"能稍微等我一会儿吗？我要把你们的另一位朋友，仁科小姐也带过来——"

"不许对鸟子出手！"

我不由得怒吼一声，小樱和露娜都惊讶地看了过来。

"这样——原来如此，纸越小姐是仁科小姐的好搭档啊。"

露娜恍然大悟似的点点头，从小樱身旁离开，走到我旁边。

她从椅子后面伸过双臂环住我的肩膀，把嘴唇靠近我的耳畔，压低声音耳语道：

"好像也能从你这里打听到有趣的事呢——"

"……"

---

[1] 日本地名，在群马县和新泻县交界。

我僵住了。

还记得小时候看过的地狱绘卷里,有一种刑罚是把熔化的金属从身体的洞灌进去,这令我打心底里感到恐惧。而润巳露娜的声音让我想起了这个。冰冷的液态金属从耳道直接流入大脑中的感觉,和隔着屏幕用扬声器听的《耳语怪谈》完全不能比。是兼具重量、压力和酥麻感的声音。

再听下去就要不行了,会完全疯掉。明明知道,我却什么都做不了,只能一直听下去。

露娜低声耳语。

"等一下才轮到你,好吗?现在先稍微,安静一会儿。"

"住……手……"

"嘘……安静点。晚安,纸越、空鱼小姐。"

液态金属般的声音滴滴答答地落入脑中,经由我的脊梁流下。我无能为力,任由意识被席卷而去。

4

被扔在床垫上,我猛地惊醒过来。

慌乱地试图支起身子,门在眼前砰然关上。是一扇锈迹斑斑的铁门。有人从外面落了锁,我发觉自己被关了起来。

头好重,神经一松懈就感觉脑海中那个声音即将苏醒。那让人脊梁酥麻的，露娜的声音……

我摇摇晃晃地站起身，望着这间牢房。天花板很高，无论如何都够不着，日光灯闪烁不定。和日光灯同高的地方有一个通风口，但就算能顺着光秃秃的墙爬上去，也被金属盖挡着毫无办法。

门上与视线高度齐平的地方有一个带盖的监视窗。我用手指戳了戳，从内侧也能打开。我把脸贴在门上看向外面，已经不见把我丢过来的邪教信徒们的身影。脚步声逐渐远去，马上要消失了。能看见的范围很窄，只有走廊左右五米和对面墙上的铁门而已。那边也是一样的牢房吧。放开手指，盖子便落下，监视窗又关上了。

房间里只有一床破破烂烂的床垫和毛巾而已。屋子一角是一个西式坐便器，似乎还是有水的。我想起了住在冲绳时那家"纽约风"欧式民宿。当时还开玩笑说像拘留所，没想到有朝一日竟会真的被打进这种地方。

我长长地叹了口气。

闭上眼睛一动不动时，回想起了当时的感觉。

被父亲和祖母迷信的邪教组织穷追不舍的时候，高中时期的氛围。

愤怒、焦躁、绝不让他人得逞的痛切决心。

从鼻子深处涌上一股炙热干燥的气息，就像在干烧平底锅一样。

我缓缓吐息，把万千思绪从思考上抖落。

不安、担忧、慌乱。

从这里出去之后要怎么办？该报警吗？小樱被做了什么？现在鸟

子没事吗……

把它们全部赶出脑海。现在如何逃出这里，如何活下去才是第一位。把思绪集中起来。

真是久违的感觉，还以为已经不用再体会到这样的感觉了。还以为自己已经完全退化了。

但"她"还是一直，好好地，待在我心里。

——欢迎回来，"我"。

——我回来了，"我"。

在初高中时代产生的"对邪教模式"的我，好像在跟我打招呼。

但在进入这一模式时，我几乎不会去考虑多余的事。也是多亏了它，才得以好几次逃离危机。

在被祖母下药，意识朦胧中从厕所的窗户逃出去时；在被囚禁于信徒名下的公寓，从五楼屋顶的小阁楼顺着滴水槽逃走时；在被带着狗的家伙们赶到山里时……在信徒全员丧命，获得解放之前，我频繁受到了他们的"照顾"。真是可靠啊，这个模式下的我。

……仔细想想，为什么我在"里世界"和鸟子一起时无数次从危险中逃生，却一次也没进入过这种模式呢？生命遭到威胁，另一个"我"却几乎没露面，真是不可思议……

我用双手拍了拍自己的脸颊。

回忆往事就到此为止，该切回来了。

被囚禁时的基本对策就是和囚禁者建立信赖关系。打招呼，谈论家人和自己，给饭时道谢。表现出毫不害怕的态度，在他们心里种下"自己和对方一样是平等的人"这一意识。

但那是以长时间囚禁为前提的方法，这次用不上。我的对手是润巳露娜，那个用魅惑的声音完全操控了信徒的第四类接触者。拖延时间于己不利，必须尽早逃出这里。

而且，我也不想把对方和自己一样视为人类。

我又在室内搜索了一遍。毛巾、床垫、坐便器。为了找到能用的东西，我开始了作业。

破破烂烂的床垫有一端绽开了。我把双手手指戳进去，一使劲，它就裂开了口子。我用力剥去外面那一层，露出床垫内部。扁塌塌的海绵中能看见弹簧。

我抽出几根弹簧，测试了一下硬度。靠近床垫中央的地方已经老化了很多，空手也能扳得动。

我又检查了一下坐便器。马桶座已经松动，稍微用点力应该就能拆下来，但它是塑料的，派不上用场，还很脏。我试图把水箱的盖子拿下来，但它被填缝剂粘住了。

水箱侧面用来冲水的把手怎么样？我抓住它摇了摇，根部已经摇摇晃晃。好像能行。

我用毛巾包住它，把脚架在水箱上，全身重量压在上面奋力一拉。

把手从根部折断了，我仰面摔在地板上。

好痛……

总之金属制的把手留在了手里,这个坐便器再也不能冲水了。早知道就先上个厕所——这么想也不过是马后炮而已。

我把弹簧按在把手上,把铁丝抻开绕在上面。

铁丝弯得厉害,掰起来很麻烦。我用坐便器水箱的边缘固定住它,也算让水箱发挥了作用。但即便如此,绕完四根铁丝,手还是很痛。总之这样一来,一块相当重的不规则金属块就做好了。

这不是武器。虽然只要能击中脸,就连力气不大的我也能把对方打得眼冒金星。但它还有别的用处。

我又把另一根弹簧拉成铁丝,顶开了门上的监视窗。把这根支撑用的铁丝固定住,让盖子保持打开的状态。

侧耳倾听,没有任何声音。

好了,准备完成。

我头顶着毛巾,看向天花板。

日光灯的光线很微弱,我把金属块向它扔去。

一开始没打中,撞在墙上掉了下来。

朝正上方扔很难。我尽量靠近墙边,重新进行挑战。

有时击中了天花板,有时被墙弹回来掉在头上。

又一次。好几次以为终于击中了日光灯管,却只是被弹了回来。

扔着扔着,肩膀和脖子都酸痛起来。我休息放松了一会儿,又开始尝试。

又一次。

正当我开始考虑用床垫裂开的部分做个投石器时，或许是因为之前的攻击产生了效果，第五次命中时，伴随着"嘭"的爆炸声，玻璃终于碎了。

我连忙低下头，碎玻璃片掉在了蒙着的毛巾上。睁开眼时，房间已经变得漆黑。

一缕来自走廊的光线透过门上的监视窗射了进来。此外一片黑暗。我拂去身上的碎玻璃，蹲在了墙边。长时间工作的右臂快要到极限了。

我头上盖着毛巾，坐在黑暗中等待着。

应该能把他们引过来开门，之后的计划不知道能不能成功。

好想要枪啊，虽然说了也没用。

——拜托了，"我"。

——先试试吧，"我"。

至今为止我都靠千钧一发之际的判断活了下来。这次计划也一定能顺利进行。不用去考虑除此之外的情况，想了也白想。

但当我一个人静静坐着时，被抛诸脑后的想法又横亘在脑海里。

比如，没错……刚才的疑问。

为什么自从开始在"里世界"探险以来，就没再进入过这一模式了呢？每次都绞尽脑汁思考脱身的方法，赌上性命，却和"对邪教模式"有着明显的不同。

只有一次，在时空大叔事件中追寻着失踪的鸟子时，自己可能有点接近这个模式吧。身处变异点（Glitch）之中，面前就是自己的分身却没有动摇，也是托了这些经历的福。不过那个分身和"对邪教模式"的"我"大概还是不一样的。

是哪里不一样呢……

从门的另一边传来了脚步声，我站起身。

来了。

我屏住呼吸，脚步声渐渐靠近，在门前停住了。透过监视窗能看见两个男人和被架在中间的小樱的脑袋。

"嗯？"

其中一人发出了惊讶的声音。

"怎么了？"

"喂，为什么这个窗开着？"

一张脸靠近了监视窗，过道的灯光被遮住了，房间里变得更加昏暗。从那边应该几乎什么都看不见，或许只有我的右眼反射着微弱的光。

我把意识集中到右眼，从正面盯住了探头窥视的男人。

男人停止了动作，像是在看着我。因为逆光，他的表情湮没在阴影当中。他会是怎样一副表情呢？无所谓。我没有移开视线，用右眼一直看着他。

然后我发现了一件奇妙的事，男人的头部被银色的磷光笼罩着。磷光从他的双耳中溢出，像蛞蝓一样扭来扭去。

我看见的是润巳露娜的支配之力吗？

磷光仍然包裹着他的头部，男人无言地动手打开门锁。

"喂，先把这家伙带到房间——"

他的动作停了下来，似乎转向了说话的另一人。随后，传来"磅"的一声钝响。

惊讶和痛苦相交织的呻吟。而后，有什么坚硬的东西撞在过道对面的铁门上，响声惊人。

被打中的人砰然倒地。我听见喘着粗气的声音，过了一会儿，最开始的那个男人走了回来。他一边念念有词一边转动钥匙，打开了门。男人挡在门口，背后是靠在另一扇门上、失去了意识的另一个男人。

"这是怎么回事……为什么我，会做这种事……"他摇摇晃晃地进了房间，"是你的错吧，绝对是你的……"

再这样下去连我也会被这家伙杀掉。要让他露出破绽……我定定地盯着他，男人头部的蚰蜒状磷光颤抖起来。

"呜呜……"

他呻吟着，激烈地摇晃起来，双手撑地跪倒下去。

就是现在。我把头上的毛巾丢过去吸引他的注意力，自己冲向门口。男人一边叫喊着什么一边试图抓住我，但我勉强躲开，冲到了过道里。我双手把向外打开的大门用尽全力扣上，找到并闩上了门闩。

从房间里传出的声音像是抽泣，又像是断断续续的大笑。

我扶起脸朝下横卧在自己脚边的小樱，她轻得出人意料。

"小樱，没事吧？"

"小空鱼……你呢……"

"我没事，站得起来吗？"

"不知道，借我抓一下。"

小樱颤抖着双腿站了起来，调整着呼吸。

"你对这些家伙做了什么，小空鱼？"

"我用右眼看着他，让他发疯了。"

听了我的回答，小樱露出难以置信的表情。

"你啊……"

"怎么了？"

"好像和平时不太一样？"

"因为我正在集中精神。"

"啊，这样吗……"

小樱用惊讶的眼神频频看过来，我对她说道：

"走吧，赶紧离开这个地方。要是站不稳的话就抓住我。"

"知、知道了。"

小樱紧紧抱着我的手臂。她看上去相当疲惫，或许是有些恍惚，晃了好几次脑袋。

"没事吧？那个声音很危险。"

"嗯……抱歉，我大概对露娜大人说了不少东西。关于小空鱼你的事也……"

"露娜大人？"

我重复了一遍。小樱瞪大眼睛，话戛然而止。

"这可真是不妙了……要是我完全疯了，你就跑吧。"

"好的。"

我乖乖点头，小樱发出一声叹息。

"小空鱼你啊，果然有点心理病态。"

她一脸无语地摇着头。我有些恼火地回答：

"我之前就想说了，心理病态这种词能轻易对别人说吗？这不是骚扰吗？"

"少废话！这要算骚扰的话，你对我做的事就可以称得上是虐待了！"

"你说什么？我明明现在这么努力在救你！"

"不是现在啦，是你平时的所作所为。"

"请不要说些莫名其妙的话。"

我和小樱小声打着嘴仗，在邪教组织的基地里快步前行。

5

牢房共有四间。我们姑且查看了一通，都是空的，于是我们迅速离开了那里。

我被带过来时受露娜声音的影响不省人事，所以不记得来时的路了。也问了小樱，她当时精神恍惚，很不靠谱。能用于推断的信息太少了。把她带过来的毫无疑问是敌人,没办法,我们只有朝着他们来时的反方向走去。

过道的地板和墙壁都是水泥浇筑的。天花板上每隔一段距离就有一盏日光灯,没有窗。

"这里大概是地下吧。"

"好像是,我记得自己有段时间在下楼梯。"

本以为自己说话声音很小,没想到产生了回声。我们面面相觑,屏住了呼吸。从远处传来人的声音……我不确定这是不是自己听见的。感觉露娜的声音还残留着,附着在鼓膜内部。不说话的时候,耳畔似乎随时就要响起她的低语。

"……要找个地方上去才行,我们去找楼梯吧。"

小樱点头同意。

"现在还不能自己走路吗?"

"抱歉……"

"OK,我们走。"

我任由小樱吊在自己的一边胳膊上,沿着过道向前走去。出现了一条右拐的岔路。前方已经到了尽头,有两扇门,上面分别写着"男厕"和"女厕"。

"你要去补妆吗,小空鱼?"

"你不是说过自己没有跟别人一块尿尿的兴趣吗?"

"……我说过这种话来着?"

"要是有追兵来我们就无处可逃了,先忍一会儿。走这边吧。"

在厕所前向右拐去,马上就被一扇厚重的金属门挡住了。拉动把手就能拔出门闩,打开门。这不能叫门,应该叫舱口才对。我把耳朵贴上去听,金属太厚了,什么也听不到。

没时间磨磨蹭蹭地犹豫了,我下定决心拉动了把手。门闩被打开,发出咔嚓一声巨响。

金属声在过道里回荡着消散。我观察了一会儿才慢慢拉开舱门,里面一片漆黑。在门口旁边的墙上摸索着,找到了一个像是开关的东西。按下开关,灯打开了,眼前突然间一片光明。

等发花的眼睛适应了光线,看到的是一条短短的过道,两侧又是带着监视窗的门,有六扇。里面好像有什么在动,但没有发出声音。

过道尽头是又一扇门。这扇门是木质的,油漆被湿气和霉菌侵蚀得斑驳,上面只有一个门把手,没有钥匙孔。

"又是牢房吗?离我们被带过去的地方挺远的……"

"嘘——过去看看。"

我来到最近的一扇门前,保持着距离朝里面看去。里面传出"啪唧"的撞击声,很明显有人。昏暗的灯光照耀着这个4.5张榻榻米[1]大小的房间。眼睛适应了黑暗后,能看到地板上贴满了缓冲垫,墙上也一样。和用来关我的房间差别挺大的——正想着,突然从天花板上掉下来什么东西,正正砸在地上。

---

[1] 一张榻榻米约合1.65平方米。

是人。

在惊讶的我面前，坠落下来的人慢吞吞地爬了起来。是个男人。身穿脏兮兮的粉色衬衫和女式西裤，光着脚。男人扭动着脖子试图转向这边。他的侧脸已经完全摔平了。眼睛、鼻孔和嘴，都像被拍在墙上的黏土一样，成了一个裂缝的平面。但他仿佛完全感觉不到疼痛。下一个瞬间，男人的身影倏然消失，几秒后又砸在地上，发出"啪唧"一声。

我迅速把监视窗的盖子盖了回去。

"怎么了？"

"是第四类。"

"欸？"

"里面有第四类。"

受"里世界"影响，身心发生异常的人类——第四类接触者。我和鸟子，以及润巳露娜毫无疑问都属于第四类，之后我才知道，原来我们算相当幸运的了。大部分时候，与"里世界"接触会给人类带来严重的变异。就算侥幸活下来，也无法像原来一样生活。

似乎是察觉到了我们的存在，其他门对面的动静也变大了。磨牙一般刺耳的声音、长长的东西相互摩擦发出的沙沙声……或许是被室内的软垫吸收了，声音听起来含混不清，但都不是正常人类能发出来的。和我们在 DS 研的病房看到的一样，这里也收容了不少第四类。

"要看吗？"

我回头问，小樱连连摇头。

"他们也……在试图治疗牺牲者吗？"

"不知道，里面还是贴着防护材料的。"

我打开过道深处的木门，是一个储藏室。金属架的一端挂着露营用的 LED 提灯。打开提灯，灯光照亮了装着金鱼饵的大袋子、植物用肥料、车用电池和锁、劳动手套等各种工具。还有一个学校里常见的长条形储物柜，里面是一套扫除用具，拖把头上还粘着些颜色鲜亮的绿色液体。

"这边也是死路吗。"

"可恶……只能往回走了。"

回到舱门附近时听见了声音，好几个人的脚步声从过道深处传来。

"有人来了。"

"来上厕所的吗？"

"不止一两个人。"

我拉过舱门内侧的把手，尽可能把它轻轻关上。然后又关掉了门口旁边的电灯开关。这样一来，LED 提灯就成了唯一的光源。

"我们藏起来。去里面，快点。"

"你说藏起来，可是要藏在哪里……"

"只有储物柜了，你先进去。"

"……真的假的。"

我催促着小樱，两人一起钻进了储物柜里。伸出手关掉提灯后，房间完全陷入了黑暗中。关上柜门果然还是太窄,感觉小樱要被挤扁了。

"没事吧?"

"唔咕咕——"

传来了不满的回答。能呼吸就好。关上柜门后,第四类发出的声音几乎听不见了。在逼仄的黑暗中,只能听见彼此的呼吸。小樱的呼吸很急促,虽然我也是。她的身体微微颤抖着,说起来,这个人比我要害怕得多。

舱门被打开的金属声响起。好几个人走了进来,能听见他们在说话。

"用2号和3号。把锁拿过来。"

"是。"

"5号不用吗?"

"5号杀太多了。我们拿到想要的东西之后马上就撤,如果要杀掉所有人也就算了,这次不合适。"

"明白。"

储藏室的门被拉开,光线从柜门上细长的通气孔透了过来。我感觉到小樱的身体变得僵硬。要是发出声音就糟了,我猛地抱住她的头,按在自己的肚子上。可能会有点难受,忍忍吧。

进入储藏室的家伙就在柜子外面翻找着金属架上的工具。铁锁发出丁零当啷的声音,被我圈在手臂里的小樱抖得更厉害了。必须让她冷静下来……该怎么办好？我没有其他办法，只能试着摸摸小樱的头。

令人惊讶的是，小樱的颤抖顿时停止了。

做这种事竟然会有效果？我半信半疑地继续。小樱一动不动。难不成她被我闷死了——我逐渐开始怀疑起来。

拿着锁的家伙像是出了储藏室，传来了铁门被打开的声音。有什么生物在低语，分不清是人还是兽。金属和锁相碰的声音持续了一小会儿。

"可以走了。"

"好，赶紧去'圆洞'吧。"

脚步声比来时增加了，他们慌慌张张地走了出去，舱门猛地关上。

等了一分钟，敌人没有要回来的样子。我"呼——"地吐出胸中的浊气，才发现自己还在抚摸着小樱的头。

我停下手，打开储物柜门。

"好像已经没事了。"

我放开她，爬了出来。储藏室和牢房的门都敞着，灯也没关。

"他们好像挺急的。"

小樱没有回答。我回头看去，她还在储物柜里，凝视着我。或许是因为刚才的窒息，小樱满脸通红。

"小樱——"

"为什么摸我？"

"欸，什么？"

"刚才为什么摸我?"

"不是,我想着这样你多少能冷静点。"

小樱喘着粗气。

"我哪里惹你生气了吗?"

"不许再……摸我的……不,可恶……啊啊……"

"什么?"

"算了,没什么。"

小樱摇着头,终于从储物柜里出来。不知不觉间她已经能自己走路了。不知道为什么,小樱和我保持着距离,警惕地盯着房门大开的两间牢房。

"他们的目的不是治疗。他们饲养着第四类。"

"能让那些人乖乖听话吗?"

"不知道。起码在DS研里,能沟通的患者一个也没有——"

这时,突然从其中一个铁门内侧传来撞击声。小樱吓得蹦了起来,抓住我。

"什么什么什么什么?!"

房门上写着"5",刚才听到的对话在我脑海里浮现出来。"5号杀太多了"……他们这么说。

"杀!杀!啊啊!嗷!啊啊啊!"

听上去像是咆哮,不像人类的语言。对方又撞了一次门,接着又撞了一次。每次撞击,合叶和墙壁连接处就发出吱吱呀呀的声音。

"……我们走吧,这家伙已经发现了我们。"

听了我的话,小樱求之不得地点头同意。

我只从储藏室里拿了提灯,打开舱门,从缝隙向外窥视。确定没人之后又回到过道里。

关上舱门后,就听不到 5 号的嘶吼了。

"那是什么啊……小空鱼你看见了吗?"

"没看见,但应该很危险。"

我们举着提灯小跑着回到过道,在拐角处停住了脚步。右边被之前的厕所阻挡,左边是一开始过来的路。从那边又传来了脚步声。这次比刚才的人数还要多,好像有五人以上。

"躲进厕所等他们过去吧。"

"要是进来怎么办?"

"就我刚才所见,信徒里男的比较多。躲进女厕所可能不会马上被发现。"

我们奔进了女厕所。意外的是,里面并不是很脏。颜色柔和的瓷砖反射着提灯的光线,和之前经过的那些装潢简陋的地方有着天壤之别。我推开最里面那扇门,打算藏在隔间里。

"……这是什么?"

小樱惊讶地嘀咕了一句。

隔间里没有马桶,只有一条向下延伸的水泥楼梯。

"……啊!我知道这个。"

我不由得轻声说。

"你知道？"

"这是'地下的圆洞'。"

我向讶异的小樱说明了一番。

"这是一个网络传说。在某处宗教设施的厕所，最里面的隔间里藏着一条通往地下的楼梯。"

体验谈"地下的圆洞"讲述的是一群高中生潜入可疑建筑后的遭遇。少年们前往某个偏僻农村的新兴宗教设施进行探险，并在厕所深处发现了一条通往地下的秘密阶梯。下了楼梯之后，他们目击到了非常奇妙的东西……

"你想说这也是'里世界'的现象吗？"

"说是现象其实不太准确。刚才带走第四类的那群人说过要赶紧去'圆洞'。或许和之前利用'后果自负型'怪谈一样，属于明知故犯。也就是说，他们在有预谋地重现这些怪谈。"

"按照怪谈的原文，从这里下去后会发生什么？"

"我记得有一个圆形的门一样的东西。讲述人穿过那扇门，进入了一个和现实世界不太一样的异世界。"

就在我们小声交谈时，厕所外面的脚步声越来越近。

"过来了……只能下去了。"

小樱不情愿地点点头。我们用提灯一边照着脚下，一边开始下楼梯。

往下走了一小段，出现了一个平台，反方向也有一条向下的楼梯，两条楼梯在平台处交会。看来他们十分贴心地在男厕那边也做了一段秘密楼梯。从平台处再下一层，就到头了。尽头是一扇双开大门。我轻轻推开门，沐浴在橘色灯光下的是一个15张榻榻米大小的水泥房间，里面什么都没有。房间中央装着一个巨大的铁圈，铁圈两端几乎要碰到墙壁。

"走到头了吗？小空鱼，用你的眼睛能看到什么吗？"

听了小樱的话，我把意识集中到右眼，只见铁圈中有一层肥皂泡似的透明银色薄膜在摇动。

"是'门'，不知道通往哪里。"

"能过去吗？"

"有鸟子在的话。"

遗憾的是，这扇"门"不能直接用。和出现在小樱家院子里的"门"一样，它也属于用鸟子的左手等特殊手段才能打开的类型。

鸟子……

她现在怎么样了呢？邪教组织的诱拐部队应该又去绑架鸟子了，希望她能平安逃脱。心中压抑的担忧又翻涌起来，我好不容易把它吞了下去。

楼上传来走进厕所的脚步声，他们来了。

房间里没有可以藏身的地方。小樱紧紧挨着我，但我们束手无策，只能并肩站在原地等待。

能不能用我的右眼趁乱逃走呢？一边思考破局之计，一边环顾房间时，我看见小樱的耳朵里漏出了一点点银色的蛞蝓状磷光。放着不管的话她可能也会被拉入伙。但哪怕看得再清楚，我的手也碰不到它。

"这下没办法了。"

小樱苦着脸说，我对她说道："小樱，刚才在上面被润巳露娜问话时，你保护了我，对吧？"

"你发现了吗？"

"肯定发现了啊，谢谢你。"

"干吗突然说恶心的话。"

"要在还有机会说的时候说出来。"

"嗯，因为我和小空鱼你不一样，我是大人嘛。"

脚步声咚咚咚地顺着楼梯跑了下来，双开大门打开了。露娜在十几名护卫的包围下走进了房间。

"啊，在这里。"

露娜指着我们，用明快得突兀的声音说。在我的右眼中，线状的"声"从她的喉咙里钻出，汇成一股飞了过来。我情不自禁地伸手去挡，但这些线从我手中穿过，没有留下任何感触。"声线"钻进了我的双耳，留下令人发寒的余韵。

小樱的后背颤抖着，她自嘲地说："反正肯定还要碰面，早知道就备好耳塞了。"

"……大概对那个没用吧。"

邪教信徒们包围了僵在原地的我和小樱。他们手里拿着电棒、水下捕鲸枪和防身用的辣椒喷雾等。只有一个人拿着枪，是我的马卡洛夫。怒火一瞬间涌上心头。别碰它。那是我的。是鸟子给我的，我的马卡洛夫。

"还以为你们去哪儿了，没想到擅自跑到这种地方来。真是不能大意呀。"

露娜嗔怪似的说。

"上面也没写着禁止进入。"

"算了，我也没有怪你们的意思。比起这个，我对你的逃狱方法很感兴趣。"露娜绕到了我的左边，"跟着你们的那个人精神完全错乱了，好一段时间都在大喊大闹，连我的声音都听不见。第一次遇到这种事，吓我一跳。我都有些怕了。等他终于安静下来才又听从我的吩咐。你用那只眼睛对那孩子做了什么，对吧？"她在我的斜后方站定，接着说，"这是叫邪视来着？看来是真的呢。第一次遇到除了我之外，拥有这么强大、美丽的'Gift'的人。喂，你是叫纸越空鱼吗？我觉得我们能成为好朋友。"

"成不了。"

"为什么？"

"我讨厌邪教。"

"邪教是什么？指我做的事吗？这只是类似于粉丝俱乐部的组织啦。找到冴月大人之后解散也无所谓，大家都会开心地消失哦。对吧，大家？"

"是！没错！"

"消失！马上消失！"

房间里的信徒们异口同声地说。

"怎么样？"

"——吵死了。"嫌恶感让我咬紧了牙关，从牙缝间挤出话来，"我的愿望就是，现在马上，两人，离开这里回去。我绝不允许你对鸟子出手。我会让你的粉丝俱乐部会员全部发狂，咬断自己的舌头。"

"……"

露娜在我背后倒吸了一口冷气。

然后她再次迈出脚步，从我身后走过，绕到另一边。

"……纸越小姐，你真棒。很帅哦。我越来越想和你交朋友了。会让你那么生气的话，我就更想对鸟子小姐出手了。这样一来你就会超级生气，对吧？到时候把我的声音注入你的大脑，你会露出什么样的表情呢？"

我的脑子里涌起的血液倏然冷了下去。

OK，明白了。

既然你是这么想的，我现在就做给你看。

贸然靠近我算你倒霉。只要我抓住贴紧你，周围这些人也不敢轻易用枪和武器吧。我就趁机使用右眼。

下定了决心，我斜睨着右侧，准备扑过去……

"怎么了？表情这么恐怖。"

露娜微笑着。

就在我眼前，露娜从后面拉住了小樱挡在身前。就在要波及小樱的前一刻，我慌忙把自己的意识移开了。

"哎呀，刚才好像有什么飞了过来。"她把手放在额头上，装模作样地摇摇头，"一瞬间都有点眼花了，好恐怖呀。"

小樱大睁着眼睛看向我。她的嘴唇颤抖着，一言不发。

"其实就算你不愿意也没关系。只要我用这声音在你耳边说'和我当朋友吧'，就够了。但这样就不是真正的朋友了。"

露娜抱着毫无抵抗能力的小樱，像抱着只泰迪熊一样回到原来的地方。站在了我的面前。

"不过，万不得已的话我就使用'声音'，但太花时间了。现在有点忙——"

正说着，她看向我身后，喊了起来。

"欢迎回来——"

我的注意力被吸引了。回头望去，几个男人正从"门"的银色纱幕另一边穿过来。他们在信徒中算是体型健硕的，带着射钉枪和撬棍。

只有一个人什么都没拿，看上去明显是第四类。它身穿脏兮兮的连体工作服，肩膀往上是一坨白蘑菇，蘑菇边缘长着纤细弯曲的睫毛状器官，正在对充满铁圈的银色磷光产生干涉。这些器官似乎和鸟子的左手一样，也能打开"门"。之所以会如此顺从，恐怕是因为这家伙也被露娜的声音调教过了。看上去像是先遣队队长的男人说道："露娜大人，'圆洞'对面已经清扫完毕。"

"好——那，我们走吧。纸越小姐在这里等一下。大家，要好好盯着哦，这孩子马上就会试图逃跑的。"

"明白了，露娜大人！"

"那，小樱小姐也一起去哦——"

她牵起小樱的手走向"门"，我问道："你要干什么？"

"小樱小姐来告诉她？"

小樱在露娜的催促下转向我。

"他们要去DS研。这家伙从我这里打听到了关于DS研的情报，知道了冴月笔记本的存在……他们打算抢走笔记本，作为召唤出冴月的手段。"

"就是这样。我查到了冴月大人曾经在某个研究所待过，但至今为止都不知道具体情况。是叫黑暗科学研究所来着？这一点就够惊人的了，没想到还有那种笔记本！我绝对要拿到手。而且……纸越小姐，听说你能看懂那本笔记？"

我的心情一片灰暗。什么都泄露了，怪不得之前她对小樱盘问了那么久。

"所以说——你要是无论如何都不跟我当朋友我也很难办的。回来之后我们再接着聊哦。"

露娜对我笑了笑，走进了"门"里。

"等……"

我想要追上她,但被信徒们包围了。还没来得及使用右眼,头上又罩下一个袋子。好几只手粗暴地抓住我,把我抬起来,搬往某个地方。

上了楼梯,走过长长的过道……虽然看不见,但很明显经过了我们之前来时的路,后面我就不清楚了。

拐了无数个弯,上了无数层楼,出了室外,又进了室内。

我突然被放在了椅子上。

其中一个人一边把我的手腕反绑在椅背后一边开口:"我来负责监视,你们可以去休息了。"

"明白了,班长。"

好几个人走远了,房间里归于静寂。

突然,独自留下的男人说道:"露娜大人让我来监视你。但有时也会发生些意外事故。"

——这家伙在说些什么?

"这只眼睛的力量,太危险了——虽然露娜大人很感兴趣,但我觉得,像你这种怪物是绝对不能接近露娜大人的。"

这时我终于意识到。

不妙——这家伙打算杀了我。

"……对我出手的话,你会被责罚的。"

"是的,大概会被责备吧。但你对露娜大人来说什么都不是,起码不是'朋友'。说到底露娜大人真正执着的是'冴月大人',而不是你。"

淡淡的语气下是暗流涌动的感情。这家伙正在嫉妒,因为自己所崇拜的润巳露娜对半路杀出来的我表现出了关心。

"理由要多少有多少。受你的邪视影响,我精神错乱开了枪——这样的情节简单又好懂,对吧?毕竟你有前科。'被那只眼睛看着,我失去了理智,回过神来时已经扣动了扳机,没想到会变成这样'——这么请罪,露娜大人也会接受吧。"

隔着袋子,我感觉到一个坚硬的物体顶住了后脑勺。不用看也知道——是枪口。我的马卡洛夫手枪的枪口。

"这本来就是为了露娜大人。让你活着,一定会害了露娜大人。"

到这个份上,此前一直很冷静的我也不由得慌乱起来。我会在这里被射杀吗?死于因为嫉妒而发狂的邪教信徒之手?再也见不到鸟子了?

"……等一下,你冷静点。"

我的声音在颤抖。不行,对方要是知道了我在害怕,会更加得意。在这种情况下,被看不起就会死。

我舔了舔嘴唇,接着说道:"你冷静地考虑一下,润巳露娜需要我的眼睛。她想让我把闻间冴月的笔记念出来。"

我已经做过一次这样的事,要我说,疯了才会这么干。

"所以如果你擅自把我杀了,她会非常失落,非常生气。明明好不容易才拿到了冴月大人的笔记。"

"看到露娜大人失望会让我心痛，但我侍奉的是露娜大人，不是'冴月大人'。找到'冴月大人'时，露娜大人就会命令'粉丝俱乐部'解散吧。那样的话，我就什么也没有了。"

枪口更用力地抵住我，我的语速不由得变快了。

"套……套着袋子射杀我，不是跟你刚才说的计划不一样了吗？按被我看了之后精神错乱的情节，应该先把袋子拿下来——"

"我不会上你的当，放弃挣扎去死吧。"

男人吸了口气，屏住呼吸。要被杀了……尽管袋子里什么都看不见，我还是不由得闭上了眼睛。

枪声响了。

"……欸？"

我发现自己还活着，这时男人慌乱地说：

"刚才的声音是——"

又是枪声。这次是连续几枪。有回声，是在室内响起的。还夹杂着叫喊。

"是谁！"

男人怒吼，下一个瞬间，房间里几乎同时响起了三种声音。

震耳欲聋的枪声。子弹咻地切开空气的声音。然后是击中目标的钝响。

背后的男人发出呻吟，倒在了地上。

脚步声跑过来，来到了我的面前。有人一把扯下了我头上的袋子。

我抬起头，看到的是气喘吁吁凝视着自己的美丽金发女子。

"鸟子！"

"抱歉让你久等了，空鱼。"

说着，鸟子紧紧抱住了我。鼻端传来汗水和硝烟的气味。毫无疑问，是活生生的，真正的鸟子。

6

"你怎么会在……这里？"

我仍然难以置信，喃喃地说。来得太巧了……这不会是我在难逃一死的情况下脑子里产生的幻觉吧？

但眼前的鸟子过于真实，足以将这些疑虑一扫而空。

她穿着平时在"里世界"探险时常见的夹克衫和迷彩短裤，脚上穿着靴子。AK用枪带背在身上，枪套里是马卡洛夫手枪。

鸟子切断了我手腕上的扎带，我从椅子上站了起来。回过头，趴在地上的男人正捂着大腿呻吟，虽然没死，但出了很多血。鸟子没有理睬，板着脸对他进行搜身。

我捡起掉在地板上的自己的马卡洛夫，直起身，鸟子递给我一把装在刀鞘里的小刀。

"欸，这是什么？"

"从这些家伙手里缴获的，你拿着吧。"

我依言接过小刀，鸟子又递给我一瓶水。喉咙已经干得冒烟，我不客气地接过，一口气喝掉半瓶，出了口气。这时鸟子一边低头看着男人一边问："这人，要放在这里吗？"

"放着不管的话会死吗？"

我问道，鸟子摇摇头。

"不知道，我其实也是第一次对人开枪。"

以前鸟子问过我："你能对人类开枪吗？"看上去起码鸟子有这份觉悟。不……实际上，我已经知道了这一点。此前她也听从我的话，开枪射击过在她看来完全是人类的东西。

我也有这份觉悟，只不过……

"没事吧？不舒服吗？"

鸟子担心地皱起眉头，凑过来问。

"不是的。不知道为什么，一看见你的脸，整个人就放松下来。"

"振作一点，还有残余的敌人。"

虽然点了头，但我的内心十分无措。

要是刚才的自己，一定能毫不犹豫地对这家伙的头来上一枪了结他。因为他又是邪教组织成员，又是试图杀了我的敌人，还抢了我的枪，放着他受痛苦折磨反而很可怜。

但现在我已经做不出这种事了，在看到了鸟子的脸之后。

就像被施了魔法一样。

身处敌人的包围中，为了活下去不择手段的那个残酷的我，在和鸟子再会时就消失不见了。单独行动的我，和与鸟子二人行动时的我简直不像是同一个人。

明明不是苦思冥想的时候，我却莫名地感到烦恼。正当我望着流血的男人不知所措时，又传来了脚步声。

我吓了一跳抬起头。现在一看，这里就是我和小樱一开始待的那个大房间。一个人影正顺着角落的楼梯往上走，我举起马卡洛夫对准他。

"慢着，空鱼。没事的。"

鸟子伸手拦住我的手臂。

出现在楼梯处的是——DS研的汀。

他脱掉了西装外套，只穿着衬衫和背心，袖口卷起，手里拿着一把霰弹枪。枪口处装着像鳄鱼嘴一样的器具，我认出这是小樱的枪。他的腰间挂着伸缩式特殊警棍。看到我，汀微笑着说："太好了，您平安无事。"

"连汀先生你也……"

他们俩是来救我们的吗？怎么找到这里的？不，话说回来这里到底是哪儿——我不知该从哪里开始问起，这时汀走了过来。卷起的衣袖露出前臂，上面布满了玛雅文字的刺青。他身后背着一把装在刀鞘里的巨大柴刀。好可怕……这人绝对不是什么正经人。

"小樱小姐去哪里了？"

听他这么问，我猛然清醒过来。对了！现在不是发呆的时候。

我慢半拍地回答："被润巳露娜带走了,那家伙打算通过'门'去往DS研!"

"去 DS 研?什么目的?"

鸟子一脸惊讶。我犹豫了一会儿才回答:

"——她想要抢走闰间冴月的笔记。"

"欸?!"

我简短地说了一下对方是拥有"里世界"知识的邪教组织。汀的表情变得严肃。

"请告诉我去往 DS 研的敌人数量。"

"我不知道具体多少,大概有十人以上。据我所知,他们没有枪,带着工具当武器。有两名第四类。全员都被润巳露娜洗脑了,小樱也中了招。"

"这下不妙了,现在 DS 研几乎没人在,任由他们摆布。"

汀轻声说着,掏出手机放在耳旁。趁这期间鸟子问我:"他们为什么想要冴月的笔记?"

"……他们打算用那本笔记把冴月从'里世界'叫出来,润巳露娜是冴月的崇拜者。"

"……"

"但没有直接见过面。"

"……这样啊。"

听了我的补充,鸟子好像稍微放松了一点。每当知道自己所敬爱的闻间冴月在自己不知道的地方向许多女生搭话，鸟子就会受伤，我已经见过好几次了。对鸟子的担心和希望她赶紧对那个女人死心的焦躁感交织在一起，让我不堪重负。

汀把手机放回怀里。

"联系不上，情况好像不妙。您能带我去'门'所在的地方吗？"

"这个，我在半路上被蒙住了眼睛……他应该知道。"

我指着脚下的男人。汀屈膝蹲下，对他说："需要帮助吗？告诉我'门'在哪里就帮你止血。"

"闭嘴……我不会背叛……露娜大人……"

果然不行吗。那么强烈地崇拜着润巳露娜，连性命都能舍弃吧——正要放弃时，我突然想起了一件事，大喊道："啊！对了，鸟子，左手！"

"好好好，这次又是什么？"

鸟子轻车熟路地咬住左手手套脱了下来。

"抓住这家伙耳朵附近的空间。"

"好好好……呜哇！"

用右眼看去，缠绕在男人头部的那束"声"被鸟子透明的手抓住，像活物一样拼命扭动挣扎着。

与此同时，男人发出了惨叫。

"你在干吗？快住手！"

"空鱼，我手里有什么东西在活蹦乱跳？"

"没关系！就这么拽出来！"

"呜呕……嘿，看我的——"

鸟子奋力举起手，"声"一点点地从男人脑中被拉了出来。

男人尖叫一声，眼睛翻白。

"怎、怎、怎么办这个？！"

"呃——不知道……捏爆它试试！"

"你说话过过脑子啊！"

鸟子把左手举得远远的，用力一捏。

像捏爆某种液体生物一样，"声"飞散开来。感觉露娜的耳语掠过耳畔，我缩起脖子。

"您做了什么吗？"

汀抬起头问道，我点点头。

"现在或许能沟通了，请再试一次。"

汀从腰间的小包里拿出一个装着液体的小圆筒。用拇指一弹，前面的盖子就掉了，露出了针头。他把针扎进翻白眼的男人脖子里，男人倒吸了口气，清醒过来。

"你、你做了什么……你从我这里抢走了什么？"

男人圆睁的双眼里渐渐浮现出困惑的神色，他的怅然若失表现得很明显。就在短短几秒间，男人迅速萎靡下去，看上去甚至变小了一圈。

"再说最后一次。带我们去'门'所在的地方，我就救你的命。"

听了汀的话，男人干脆而无力地点头同意。

"喂，空鱼……我从这个人身上拽出了什么？"

鸟子挥动着左手问。我想了一会儿回答：

"可能……是信仰吧。"

在汀止血期间，男人顺从地说出了路线。从这里出去，穿过广场进入对面的建筑，上一层楼，顺着另一段楼梯再下两层楼。从那里走地下通道，右拐，左拐，左拐，直走到头就是厕所……位置就在现在这栋建筑的地下，但据说没有直接下去的方法。

我们自然考虑过他撒谎的可能性，但男人的话和我的身体记忆相符。本来想让他带路，但被 AK 击中的腿伤势很严重。止血后，汀用绝缘胶带把男人绑了起来，其间他也没有抵抗。不知道到底是因为受伤疲惫，还是因为被夺走了信仰。

不能再在这里磨蹭了。做好准备后，我们赶紧下了楼梯。

这栋建筑看上去像是搬走了机器的工厂，出了建筑，三栋大楼呈"コ"形包围着广场。说是广场，其实叫空地比较贴切。地上铺着砂石，野草丛生，如同一个长年荒废的停车场。

鸟子的手表显示现在是深夜，凌晨三点。万籁俱寂，周围一片漆黑，被树木环绕着，夜空中星星十分醒目。

"这里是哪里？"

"埼玉的山里，离饭能很近。"

饭能……沿西武池袋线从石神井公园一路向西到达的地方。

"你们怎么知道我们在这里？"

我一边跑过广场一边问。

"你们被绑架之后,我联系了汀先生,跟他说了发生的事之后他马上就过来了。我们商量了一下,认为那些绑走你们的人肯定会再回来。"

"为什么?"

"空鱼你被绑走时带着枪。绑架犯肯定认为我们不敢报警,应该会用枪相要挟和我们进行接触,或是企图潜入空无一人的小樱家里。"

"我一开始以为这是以小樱小姐为目标的绑架勒索事件,您是被牵连进去的。没想到竟然与邪教有关。"

"我和汀先生两人在小樱家里蹲守,院子里和玄关处都设置了陷阱。他们来得比预想的要快,差点没来得及准备好。中计了的家伙都被汀先生收拾掉了……"

"……陷阱?"

"过后要跟小樱道个歉。我们打了钉子,挖了洞,还到处搞破坏……"

"然……然后呢?"

"来了四个人,汀先生把他们全部干掉了。太厉害了。"

"是我多此一举了。仁科女士的手腕相当高明,令人惊讶。您的母亲教导有方呢。"

"还好吧,因为我急着去救她们俩。"

"鸟子……"

没想到她为了我竟然这么奋不顾身。在感动的同时我又有些不甘心，好想看看那时候的鸟子啊。或许因为汀和鸟子搭档战斗，看到了鸟子不为人知的另一面，我有些嫉妒。

不……这可不太好吧，纸越空鱼。汀先生也是冒着危险过来帮忙的。

我试图转换思路，问道："地点呢？怎么从他们口中问出来的？"邪教信徒会这么简单就坦白吗？还是对他们进行了拷问什么的？

"盘问是汀先生负责的，我被赶出来了。"

鸟子不满地说，汀摇摇头。

"那种事请交给我。那不是正经人做的事。"

"欸……到底做了什么？"

想象着血腥的拷问，我有些害怕。汀微微一笑。

"没事的，他们毫发无伤。我只是借用浴室和毛巾，跟他们玩了会儿水而已。但事后没收拾干净就离开了，我也得向小樱小姐道歉才行。"

虽然不知道发生了什么，但只有一件事我能肯定。

这人果然不是什么正经人。

"……你的手臂，好夸张啊。"

汀低头看着自己双臂上密布的玛雅文字刺青，有些赧然地笑了。

"说来惭愧，这是年轻时不懂事留下的。以前我在中美洲做了各种各样的事。"

"各种各样？"

"当时卡斯塔尼达[1]很流行……算了，这事不提也罢。"

他说话时吞吞吐吐，像是触及了自己的黑历史。要不是情况紧急，我真想深入询问一番。

我们走进了广场对面的建筑物中。笔直的道路两侧设有木质栅栏，里面分成好几片区域。其中一片区域里有上楼的楼梯。

"不觉得这个造型有点奇怪吗？"

鸟子惊讶地嘀咕了一句。

确实很奇怪。看上去像是牛栏，但没有用过的痕迹。而且，会有人特意在养牛的地方装楼梯吗？

虽然感到可疑，我们还是奔上了楼梯。走廊里是一排没装玻璃的窗，我们一边前进，一边观察经过的房间。厕所里只有一排男式小便池、厨房里孤零零地放着一个服装店用的躯干雕像、儿童房的墙上用红漆写着"救救我"，每个房间的气氛都非常诡异。

"这里怎么回事啊……也没有人生活过的痕迹，就像鬼屋一样。"

鸟子有些不舒服地说。

"是故意弄成这样的。他们为了和'里世界'产生接触，准备了这些怪谈的道具。"

"这是以什么为原型做的吗？"

---

[1] 卡洛斯·卡斯塔尼达（Carlos Castaneda），秘鲁裔美国作家和人类学家，以唐望书系列闻名。书中记载了他拜印第安人萨满巫师唐望为师的经历。

"应该是'山之牧场'没错。"

"山之牧场"是一篇知名的实话怪谈。某个艺人把自己的亲身体验发表了出来,以此为契机引发了网友的讨论,是关于某处奇妙设施的一系列故事。

山之牧场位于山中,是一座类似半成品牧场的建筑物。里面没有一头牛,也没有人。据说那里没有通往二楼的楼梯,房间里贴满了符纸,氛围诡异。尽管这个地方真实存在,却没人知道它到底是什么。

我们所在的这栋建筑物,有些地方看上去颇有借鉴"山之牧场"的感觉。想想那些家伙的目的,也不奇怪。"谈怪则怪至"——讲恐怖故事就会引来恐怖的东西,他们在用这栋建筑物实践这一理论。有意散播"后果自负型"怪谈的行为也与这一想法不谋而合。他们的一系列活动,全都是为了和"里世界"接触所进行的仪式。

他们的最终目的是召唤闰间冴月——在我看来这简直是疯子行为,但对和我并肩而行的这个女人来说,可不是开玩笑的事情。

我能理解刚才试图杀我的那个男人的心情了。那家伙崇拜着润巳露娜,但从对方口中听到的却都是"冴月大人"。越是付出,她就离自己越远。一定很难受吧。没想到自己竟然会有和邪教信徒感同身受的一天。

"空鱼,怎么了?"

鸟子出声叫我,我抬起头。

"欸?没什么啊。"

"是吗?你看上去好像有点失落。"

鸟子歪着头看我。

"没事的,谢谢你。"

我笑着回答。

看得可真仔细啊,这家伙真是的。

我们找到了另一段楼梯,往下走了两层,是一条地下通道。前面是汀,后面是鸟子,两人各自警戒着前进。我夹在中间。

路上出现了熟悉的地方,从牢房里传出抽泣声。我们走过牢房前时,抽泣声依然没有停止。

"那是什么?"

鸟子小声询问。

"谁知道。"

听了我的话,鸟子欲言又止的视线像刀子一样刺过来。

她似乎在怀疑。我感到有些意外。

一路没遇到邪教信徒。我们从厕所的秘密楼梯处往下走,终于回到了"圆洞"前。

"这个'门'通往DS研吗?"

"他们是这么说的。"

"快走吧,要去救小樱才行。"

鸟子着急地说。

"OK,那,你走到铁圈前面。"

"OK。"

我们靠近了"圆洞",鸟子走在前头。我把意识集中到右眼,眼前飘荡起银色的雾霭。

"好了,伸手碰一下圈里试试。"

鸟子伸出透明的左手,碰到了那层纱幕。

"啊,有了……把这个拨开就行了吗?"

"嗯,用力拨开。"

鸟子大幅度地挥动了一下左手。

砰!空气中发出一声巨响,银色的面纱被从纵向撕裂了。一分为二的纱幕对面能看见昏暗的室内停车场。

薄膜的缝隙开始自动修复,我们跳了进去。

7

"门"在背后关上了。我们所在之处是DS研大楼的地下停车场,一个人也没有。我们从停驻的豪车之间穿过,快步走向停车场深处的电梯。

汀按下上楼按钮,"叮——"的一声,门开了。进了电梯,操作盘的屏幕已经被撬开,露出了前往DS研楼层的秘密数字键。

汀按了几个数字,电梯开始上升。

"必须重置安全系统了。"

他说。我们各自确认弹匣的装弹情况,一边等待电梯到达。

"纸越小姐,就您所见,对方最大的威胁是什么?"

"润巳露娜的声音。那是来自'里世界'的,没有物理实体的触手,一直听她说话会被洗脑。可能把耳朵塞住也防不了。"

"那,要怎么办?"

"有我在一旁看着,鸟子的手就能碰到'声',就像刚才一样。"

鸟子皱起了眉头。

"又要做那个吗……感觉超奇怪的,就像某种活物。不敢想它长成什么样子。"

"看上去并没有那么恶心哦,别担心。"

"你倒是自己摸摸看再说。"

"第四类有两个人是吧?您知道他们是什么样的吗?"

"其中一个能像鸟子的手一样碰到'里世界'的物质,另一个人我没见着。"

"算上他们俩,配备了工具的人有十个左右?"

"人数和武装都是我的推测,只能作为参考……"

"非常感谢。事先声明,如果有必要我会开枪射击。可能会吓到二位,还请知悉。"

"明白了。"

"OK。"

听了汀的话,我和鸟子点点头。

"二位这方面的经验丰富吗？"

"'这方面的经验'是指？"

"怎么说好呢……'火拼'，可以这么说吗？"

什么"火拼"啊，没有更好的说法吗。

"做这种事我还是第一次。"

"虽然妈妈教了我用枪的方法，但实际上我也是第一次。"

"明白了，我会吸引他们的注意力，二位尽量躲藏起来行动，以策安全。其他人我会想办法应付的，你们只需要对付润巳露娜。"

电梯减速，停了下来。

我们端起枪，门打开了。眼前出现了一条几乎没有光线的昏暗走廊。汀打头，我们端着枪出了电梯。电梯厅的墙上写着"LABO（实验室）"。

我记得很清楚，这是闰间冴月的研究室所在的楼层。

附近一片死寂，空气却莫名有些浮躁。仿佛就在刚才还有许多人在。

从电梯厅探头向过道望去，只有一个门开着，从里面透出了灯光。

"是冴月的研究室。"

鸟子小声说。

我们一边留意着周遭的情况，一边走近大敞着的门。

研究室里一定被翻得乱七八糟吧——我想着。但出人意料的是，室内仍然十分整洁。

想想也很正常，润巳露娜崇拜着"冴月大人"，不可能在房间里翻箱倒柜。

上次来时放在桌子上的笔记已经不见了。记得汀曾说过，笔记被放在 UB 生成物（Artifact）的保管库里。

把房间"清扫"了一遍后，汀回到门口。

"他们在楼上吧，我们走。"

"……嗯。"

鸟子有些遗憾地说。

"怎么了？"

"……刚才在黑暗的走廊里，只有这个房间亮着灯，对吧？看到时我不由得想，啊，会不会是冴月回来了什么的。然后就，总觉得……"

早知道就不问了。我心头无名火起，用连自己都听得出很不爽的声音催促鸟子。

"现在不是做这种事的时候吧？行了，我们走吧。你看，汀先生都走掉了——"

我大步走过去，猛地抓住鸟子的手。

"等一下——"

"行了，快点。"

我半拖半拽地拉着她的手出了研究室。

汀向我们点点头，再次沿着走廊前行。我跟在他后面，依然抓着鸟子的手，决心不再回头看一眼。

到了楼梯口，开始向上爬。从上方传来微弱的说话声和响声。上一层也是昏暗的实验室，空无一人。又向上爬了一层，这层非常明亮，与之前的楼层大相径庭。

从楼梯口向内看，是一条白色走廊。这里是收容着第四类的病房楼层。

地板上有飞溅的血点。顺着血痕望去，映入眼帘的是一个靠着墙瘫倒在地的男人，和一个跪坐着靠在他身上的护士。男人是之前见过的那个光头医生。

医生额头上浮现出豆大的汗珠，急促地喘息着，他的左肩和胸口都扎着好几根钉子，把白衣染得通红。是被射钉枪打中的。医生和护士抬头看向我们。汀把手指放在唇上，做出"安静"的手势。护士指了指走廊拐角处，汀点点头。

鸟子拿出了手机。从拐角处用后置相机窥视，屏幕上出现了走廊前方的画面。两名邪教信徒正沿着第四类病房的走廊走向这边。

走廊正对着的墙壁上都是病房的玻璃窗，从这里用霰弹枪射击的话也会伤到病房里的人吧。我正想着该怎么做，只见汀把手伸向霰弹枪前部，拧了一下喷嘴。鳄鱼嘴从横向变成了斜向。他解除保险，再次端起霰弹枪，出现在了敌人面前。

"停下！扔掉武器，不然我要开枪了！"

两人一脸惊愕地僵住，接着边大叫边用射钉枪对准了这边。

汀扣下扳机。

被喷嘴压缩成斜四十五度角的霰弹把两个目标都纳入了攻击范围,命中了。两人倒在地上,余音在走廊里回荡着消散。

汀走到敌人身边,把射钉枪踢过来给我们。倒地的两个人好像还有呼吸,但已经没力气抵抗了。他迅速用扎带把对方绑好,快步走了回来。

"汀,剩下的人在上面。"趁着喘息的间隙,医生说道,"他们向保管库去了,小樱被抓住了。"

"我知道——"

就在这时。通往楼梯的门处出现了另一个男人,他的手里握着霰弹枪,枪口上抬,对准了这边。汀背对着他,没有察觉。

"危——"

在我发出警告之前,鸟子就开了枪。AK的子弹命中了男人的上臂,他的身体因为冲击晃了一下。与此同时,男人也扣下了扳机。枪口偏了,霰弹贴着我的头皮飞过,在墙上凿下小洞。

霰弹枪从手中掉落,男人倒在地上。鸟子回过头,看到我背后墙上的弹痕时脸色大变。

"空鱼!你没受伤吧?!"

"没……没事!"

我喊着回答。鸟子的眉毛变成了"八"字,安心地长出了一口气。

"哈——急死我了。"

比起差点被杀的我,鸟子看上去更加慌乱,于是我走过去把手放在她背上。

"没事没事，毫发无伤。"

抚上鸟子的后背，感觉到她的肌肉有些僵硬。对了，鸟子也是第一次面临这样的修罗场。正因为知道枪的危险，所以才比我更紧张吧。

的确，鸟子的枪法很高明，AK 也是一把可靠的武器。但鸟子并不是专业人士。在山之牧场救了我之后，她的手也在颤抖。鸟子是个温柔的女孩子。对人开枪很可怕，和别人交火肯定更加可怕。她为了我忍了下来，就连我也发现了这一点。

汀把霰弹枪从男人手边挪开，和刚才一样把对方捆了起来。

"非常抱歉，是我疏忽了。真是惭愧。"

"鸟子会帮忙留意的所以没关系。对吧，鸟子？"

听我这么说，鸟子"呼——"地吐了口气点点头。从她的手掌传来的紧张感舒缓了一些。

"谢谢你，我冷静下来了。"

"嗯。"

"我去看看情况。"

鸟子从我身边离开，走到男人出现的门旁看向楼梯。

"……似乎不会再有人来了。"

"了解。我们走吧。"

汀正要动身，医生叫住了他。

"那些家伙是，什么人？"

"驱使第四类的邪教组织，崇拜着闺间女士。"

"可恶，所以才问出了笔记的所在之处吗……"

"你告诉他们了？"

"回过神时，我已经把保管库的密码也都和盘托出了。不知道为什么。"

"没办法，那家伙的声音是抵抗不了的。"

我对悔恨不已的医生说。汀接过话头。

"别在意，休息吧。之后能交给你吗？"

后半句是汀对护士说的。护士吓了一跳，点点头。

"走吧，空鱼。"

"唔，嗯。"

鸟子捡起男人的霰弹枪，理所当然地递给了我。

护士开始进行应急处理，我们离开了这儿，走上楼梯。

8

柔和的灯光照着红色地毯。楼梯前的大厅里放着的桌子和接待柜台都擦得锃光瓦亮，弥漫着酒店般低调大气的氛围。这是之前我们和小樱一起访问DS研时最初到达的楼层。

"有人。"

鸟子小声说，从前厅传来人的气息。

"等一下，我用这个看看。"

我用和鸟子一样的手法，从楼梯探出手机摄像头去窥视。没错，前厅里有三名邪教信徒正在望风。由于刚才楼下的枪声，他们自然也发现了我们。而且这三个人都装备着步枪或霰弹枪——对啊，在日本不是能买到猎枪吗？本来持枪的条件很严苛，但有了润巳露娜的声音，总能买到的。

"来了！"

望风的其中一人大声说，把枪口对准这边，旋即开火了。子弹从身旁掠过，我吓了一跳，缩回手。

其他的"侦察兵"也接着开了枪。子弹擦过我们藏身的墙角，装饰板的碎片飞散开去。

"很危险，请退后。"

汀说道。我们稍稍从拐角处退了开去。

"对方在蹲守，怎么办？"

"敌人也不是自动炮台，有汀先生和我两个人在能打赢吧。"

鸟子认真地说，汀摇摇头。

"不，这样很危险。不能让你们二位暴露在枪口下。"

"可是，汀先生你也不想被击中吧。"

"非常抱歉，但我认为自己的身体比您更结实。"

"要这么说的话，我这个目标比你要更小。"

两人自然地把我排除在了战场之外。不，虽然我的枪法确实很菜，但这样好像自己成了拖油瓶，我不喜欢这样。

"我说，我也拿着霰弹枪，都是霰弹，我也能打中吧？"

我插了一句，鸟子露出为难的表情。

"霰弹枪的子弹没有那么分散的。距离又近，他们也有掩体。"

"无论如何，正面交火不是上策。要是能声东击西就好了。"

被两人否定，我有些不满。

"嗯——那……试试让他们露出破绽？"

"你打算做什么？"

我四肢着地再次靠近拐角处，把后置摄像头探了出去。因为不想手机被打坏，我打算在对方要射击时就把手缩回来，但或许是对方也在警戒着我们，并没有子弹飞来。

能看见其中一人在打电话。要是援兵来了就麻烦了，得快点解决才行……

把镜头对焦到那三个人身上后，我将意识集中到右眼。

一开始什么也没发生。过了十秒左右，正中间的男人突然开始频频挠起头来。其他两人也变得浮躁，用旁人听得到的音量嘟嘟囔囔骂着粗话。他们啧啧咂嘴、吐唾沫、焦躁地互相瞪视着。

"这是怎么了？"

鸟子在我身后看着手机屏幕问。

"我想着试试能不能透过手机摄像头使用右眼的能力——"

终于，其中一人按捺不住扣动了步枪的扳机。伴随着轰鸣声，接待柜台的木材四下迸溅。准头很差。

"给老子出来！"

"吵死了！你这家伙在干吗？"

"别惹老子生气，小心我一枪崩了你！"

"啊？你能行你倒是试试看啊！"

眼看着他们的唇枪舌战不断升级。再这样下去就要互相开火了——我正想着，只见汀倏地从墙角探出半个身子，扣下了霰弹枪的扳机。

一发，两发，三发。喷嘴射出的霰弹准确地打中了目标，眨眼间三人就已经趴倒在地。

我们慎重地探出头，已经没有用枪对着我们的人了。

穿过硝烟弥漫的前厅，两旁躺着被枪击中，流着血的男人。

"空鱼的眼睛……真的很危险呢。"

鸟子呆呆地嘀咕了一句，汀也表示赞同。

"竟然能透过屏幕产生影响……您之前也试过吗？"

"不……没有没有。"

我一边回答，一边重新体会到了自己这只眼睛的恐怖。或许这的确称得上是邪视了。

"幸好拥有这只眼睛的是空鱼你。"

"欸，为什么？"

"要是落到坏人的手上，后果不堪设想。"

鸟子感慨万千地说，我无言以对。

努力注意不要变成坏人吧……

向大厅前方走去，尽头是一扇边长四米左右的巨大门扉，占据了一整面墙。

门开了一条缝，透过门缝朝里看，一段厚重的石阶通往楼上。

"前面就是 UB 生成物（Artifact）的保管库。"

汀说着想要往前走，我拦住了他。

"那个，汀先生。稍等一下。"

"怎么了？"

"之后由我和鸟子两个人去比较好。"

汀回过头，皱起了眉。

"为什么？"

"那家伙的——润巳露娜的声音。和刚才的医生们一样，要是中了招，汀先生你也抵抗不了。我的眼睛能看到她的声音，鸟子的手能拨开它。但在此之上就超出能力范围了。"

"听了她的声音，我会变得怎么样？"

"刚才我用自己的眼睛让他们精神错乱了，对吧？那家伙能更加具体地命令别人做自己想让他们做的事。要是你用枪对着我们，那就真的是一点办法都没有了。"

说不定用我的眼睛让汀发狂，能干扰露娜声音带来的影响，但难以预测相互作用下会发生什么。而且汀经过训练，在那之前他手里的枪就会把我打个窟窿吧。

"仁科小姐，您也是一样的想法吗？"

汀问道，鸟子思考了一会儿之后回答："我赞成空鱼的想法，不想和汀先生交火。"

"明白了。我在这里待命，需要帮助时请立即叫我。"汀让开路，用右手示意了一下保管库的入口，"两位，请务必保重。"

在他恭恭敬敬的送行下，我们走向通往保管库的楼梯。

我们端着枪走了上去。楼梯上方有两扇厚重的舱门，前方是博物馆的展厅。

原先紧闭着的舱门已经被打开，保管库中央的柱子上盘绕着向上的螺旋阶梯。

墙上有好几个玻璃柜，里面放着各种各样的藏品。有五只脚的猫玩偶、裂缝形似甲骨文的圣母像、一把瑞士军刀，里面伸出形状狰狞，像是用于拷问的工具……这些肯定都是接触"里世界"得到的异常物品吧。

其中好几件我记得，是从我们手里买下的。那张人脸常会变成狗的全家福、长成衬衫状的植物等都让我记忆犹新。每个柜子下面贴着朴素的牌子，上面只写着编号。把来自"里世界"的神秘物品这么珍而重之地展示出来，已经不知道是游刃有余还是不走寻常路的侮辱了。对"里世界"探险轻车熟路的我们似乎也没资格加以评判。

沿着螺旋阶梯爬上去，是保管库的第二层。

这一层整层都是展厅，十分宽敞。我试着把意识集中到右眼，陈列柜中物品发出的银色磷光让昏暗的楼层变得像星空一样璀璨。其中也有些颜色不太一样，有些则完全不发光。我虽然很有兴趣，但没时间观察，只能接着往上走。

接下来的这层也是保管库，但样子稍有不同。玻璃柜变少了，取而代之的是尺寸、形状各式各样的塑料箱、金属柜、木盒等，都放在未加修饰的架子上。因为用牌子进行了编号，看得出里面是 UB 生成物（Artifact）。不像展厅，倒更接近朴素的仓库。

靠近楼梯的寥寥几个玻璃柜中有一个被打破了，似乎有人抢走了里面的东西。

毫无疑问是润巳露娜干的好事。也就是说，放在里面的是闰间冴月的笔记本吗？

这时，从楼梯上方传来了说话声。

"咦，来了吗？纸越小姐。"

我身边的鸟子猛地一震。

"真亏你能来到这里。是多亏了那只眼睛的力量吗？真厉害呢。"

"这个声音是——润巳露娜？" 鸟子把脸凑近我说道。

我点点头，鸟子用手掌擦了擦脸，试图振作起来。

"我明白你的意思了……这个声音，很危险。"

"对吧。"

我指着自己的右眼。

"我们速战速决，有我的眼睛和鸟子的手在就能做到。"

"解决她的声音之后该怎么办？"

"之后是指？"

"要拿润巳露娜本人怎么办？"

啊，这个嘛……

"揍一顿之后用布塞住她的嘴不就行了。"

"真是暴力……"

鸟子嗔怪似的说，上方传来说话声。

"我说，难得来一趟，倒是快点上来呀。纸越小姐也来帮忙嘛。"

——竟敢对我用这种轻蔑的口气！

我们对视了一眼，朝对方点点头，上了螺旋阶梯。

9

走到楼梯尽头，就是保管库的最顶层。

和楼下不同，这一层的墙边堆着些贴有标签的箱子，陈列柜里塞满了文件。再往里走有一个巨大的格子状天窗，下面是一张桌子，周围摆着观叶植物盆栽。就给人的印象而言，这里最接近大学的研究室。

润巳露娜正坐在桌子上对我们挥手。她旁边是坐在转椅上的小樱，正呆呆地看着手里的东西。

露娜脚边有两个形状怪异的影子。其中一人我见过，是有着香菇块般肥大头部的第四类。另一个人如爬虫般匍匐在地，手指和脚趾末端像扫帚一样分成细条铺开。他的头小得很诡异，成了梅干一样皱巴巴的，拳头大小的一块。

刚刚还坐在桌子对面读着文件的女人起身对我叫道："撒旦！毒蛇！你来做什么？快去往你该去的地方！"

"呃……不是吧。"

鸟子难以置信地摇摇头。

是"谢谢女"，这家伙也跟着来了吗。

"露娜大人，这家伙太危险了。为什么放着不管？太不谨慎了，请您适可而止。"

"我没有放着不管。因为大家不是都在下面吗？你们把那些孩子都打败了？太厉害了吧？"

我没有回答，用霰弹枪的枪口对准露娜。

"哎呀呀。"

"把小樱还给我们。"

"喂，冷静一点嘛？用那个开枪的话，小樱小姐也会中枪的对吧。不要拿自己做不到的事来威胁我。"

"那用这个呢？"鸟子用 AK 对准了目标说道，"我可是不会失手的。"

"哦哦，你就是仁科小姐吗？和听说的一样，真是个美女呢。我有很多事想要问你,把枪放下——来聊聊吧?"

　　右眼看到的东西有了变化。从露娜唇边画出一道银色的弧线,滑向我和鸟子的头部。

　　"鸟子,打它!"

　　我大喊一声,鸟子用左手在面前的半空中唰地一挥,逼近到我们跟前的"声"被弹开,扭动着回去了。露娜眨巴眨巴眼睛。

　　"欸?你做了什么?"

　　"你的声音不奏效——因为我都能看见。"

　　"欸……?"

　　我颇感扬眉吐气,但露娜好像没懂的样子。

　　仔细一想,露娜没有我这样的眼睛,不懂也很正常。一般人不会想到自己的声音竟然有"形状"吧。

　　"露娜大人,是仁科大人的手——会不会是那只光辉灿烂的手正在阻碍您的玉音?"

　　从后面插嘴的是"谢谢女"。

　　"恐怕是那个女人的邪视捕捉到了玉音的动向,不能同时与眼睛和手为敌!"

　　虽然对方的遣词造句无不散发出邪教的味道,叫人恶心,但观察细致这一点不能小视。

　　"这样啊——就连'Gift'也是一对呢。"

　　露娜对鸟子说道:"仁科小姐,我听说你也在追寻冴月大人的踪迹。

我们立场相同，应该能当好朋友的。"

"别开玩笑了。"

"没有开玩笑哦。我好羡慕仁科小姐你，能和冴月大人在一起，去 Blue World 旅行……我好嫉妒。说实话，我现在就想马上用我的声音让你动弹不得，把你所知道的冴月大人都榨出来。其实我之前也打算这么做的。"

此前亲昵的音色突然冷下去，我似乎窥见了她沸腾的情感。有这种感觉的似乎不只我一个，鸟子搭在 AK 扳机护环上的指尖抽动了一下。

露娜的脸上再次浮现出微笑。

"但是——如果仁科小姐也和我一样在追寻着冴月大人的话，我们不就可以联手了吗？同样是'Gifted'，能合作的地方肯定有很多。"

她把手伸到桌上，拿起黑色皮革封面的笔记。

"冴月大人的笔记——虽然我看不懂，但只要在那边的纸越小姐帮忙的话一定……"

"把你的手从冴月的笔记本上拿开。"

鸟子的声音冷彻骨髓。和在"里世界"的海岸，她警告灰色集团时的声音一样。

我注视着事态的发展，一边想着是否要现在就开枪，但露娜的笑容纹丝不动，把笔记本放开了。她身后的"谢谢女"郑重地接了过去。

"我无所谓。说实话，就算不借助纸越小姐的眼睛，我说不定也能看懂。"

"什么意思?"

露娜指着"谢谢女"。

"这家伙做了研究。她说,假如进入了 Blue World,我大概就能看懂这本笔记上的文字。"

桌上摊放着好几册文件,书的复印件、手写的活页纸、照片和图表散落一桌。是"谢谢女"包里的东西吧。

"虽然我不知道怎么去那边,但你们是知道的吧。小樱小姐的家里也有'门'对吧?穿过'门'去到那一边,就能读懂笔记了。这样一来,也能呼唤冴月大人。"

"那种脑子有病的女人说的话——"

我嗤之以鼻,话还没说完就被露娜激动地打断了。

"别侮辱我妈妈!"

——妈妈?

我再次看向"谢谢女",确实面容有些相似……明明让自己的母亲管自己叫"露娜大人",像差使下人一样使唤她,别人说她坏话时却要生气吗?

"行了,把笔记本还回来。快点!"

鸟子没有要听露娜说话的意思,咄咄逼人地说。露娜皱起眉头回答:

"'还'是什么意思?这是你的东西吗?不是吧,是冴月大人的东西吧。从刚才开始就把人家说得像小偷一样,可是仁科小姐,你才是想把别人的东西据为己有的人,不是吗?还用枪对着我,这不是强盗嘛。"

"少废话,你明明对冴月一无所知。"

"虽然仁科小姐你好像认为自己对冴月大人而言是特别的,但其实不是对吧?我从小樱小姐那里听说了哦。除了你之外,冴月大人还看上了其他好几个女孩子。确实你曾经在冴月大人失踪前和她在一起,可能是最后一个目击者。但你有没有想象过,在你不知道的地方,冴月大人做了什么?"

"少废话!"

"生气了?但就是这样,不是吗?小樱小姐和纸越小姐都很同情你,所以没有说出口,但她们都知道。虽然你不想承认,但你自己其实也应该是知道的。你被冴月大人抛弃了,因为你配不上她。如果不是这样的话,冴月大人应该会带你一起走的,不是吗?"露娜带着悲哀的口气,轻轻加上一句,"真可怜。"

鸟子已经完全陷入了沉默。她用非同寻常的粗暴动作放下枪,旋即捏紧拳头,大步向露娜走去。

糟糕,她完全被愤怒冲昏头脑了。

"鸟子!不能接近她!"

我没来得及阻止。

盘踞在露娜脚下那两只第四类猛地起身,扑向鸟子。鸟子的膝盖下方被有着扫帚般四肢的第四类用无数手指缠住了。

"放开我！"

鸟子用AK的枪托向它砸去。混杂着钝响，传来手指折断的咔嚓声。对方发出了哀鸣，但没有要松手的意思。

这时有着巨头的第四类也摇摇晃晃地奔过去。在透过天窗照进来的月光下，肥大的头部边缘那些睫毛般的细小凸起闪闪发光。

我立刻用霰弹枪对准了它。

……不行，不能开枪。会击中鸟子的。必须再靠近一点。

我把霰弹枪丢在原地，拔出马卡洛夫奔向鸟子。

无数的手指捉住了她的右手，AK掉在地上。有着巨大头颅的第四类正如泰山压顶般逼近。

"你，这个……"

鸟子用透明的左手按住了逼来的巨头。

高亢的号叫声响彻房间。

看不清五官的巨头脸上留下了一个银色的手印。很明显，这个像水洼般闪亮的手印会让第四类感到痛苦。

巨头蹒跚后退。或许是察觉到了效果，鸟子用左手迅速摸向抓着自己的手指群落。从她脚边翻腾起痛苦的号叫，无数手指一齐落在地上。多指的第四类缩成一团，像块肉做的抹布一样爬着从鸟子身旁逃开了。

就在鸟子喘着粗气，再次转向露娜时。

"咦？真厉害呢，那只手——"

露娜轻盈地从靠着的桌子上离开，倒向鸟子怀里。事发突然，鸟子的动作僵住了。我听见露娜在低语。

"嘘——冷静下来，仁科小姐。放松你的身体——"

我站在后面，看到露娜的"声"用生物般的动作爬上鸟子的脖子，迅速钻进了她耳朵里。

鸟子膝盖一软，身体向一旁倒去。

这次血直冲脑门的是我。

"鸟子！"

我从背后抱住了摇摇欲坠的鸟子。越过鸟子的身体，能看见露娜笑眯眯的脸，我用单手握着马卡洛夫对准了她。

"露娜大人！"

"谢谢女"发出一声惨叫，露娜的脸上仍然带着微微的笑意。

"你要怎么做？要开枪吗？"

"你以为我只是在威胁你？"

"这种话自己说合适吗？这是'不打自招'哦。话说回来，你如果真的想杀了我早就开枪了吧。仁科小姐也特意放下枪来打我，你们俩真是温柔啊。"

露娜握住对准自己的枪身，想把它挪开，我没有让步。她有些焦躁地说："真是的，你们能不能别挡着我了？纸越小姐你跟冴月大人又没关系，不是吗？行了，仁科小姐也好，小樱小姐也罢，都先还给你好了。我只是想早点见到冴月大人而已。"

在我胸前,鸟子一边挣扎着试图摆脱"声"的影响,一边叫道:"不行,空鱼,不行!别给她……冴月的笔记本!"

这是为什么呢?比起露娜目中无人的态度,鸟子不顾一切的样子更让我火大。我不禁提高了声音。

"每个人都'冴月冴月'地说个不停……给我适可而止!你们要执着一个不在的人到什么时候?!都说那家伙已经不是人类了!那就是个怪物!鸟子所知道的那个人,已经不会回来了!"

或许是我的爆发出人意料,露娜和鸟子都在一瞬间安静了下来。

这时,另一个声音轻轻说了一句。

"……冴月。"

是小樱。

"冴、月……"

小樱呆呆坐在椅子上,她双手放在膝上,手中有什么东西在闪闪发光。

我见过这个。边长五厘米左右,由镜面组成的立方体。

是我们打倒"扭来扭去"时发现的镜石。

"小樱……那是?"

小樱依然坐在那里,抬起头,一脸呆滞地张开了手指。我的视线自然而然地被她摊开的双手上放着的镜石吸引了。镜面映出的房间里,没有我们。

不……

不对，有谁在。

有一个，伫立在暗处的人影——

"空鱼？"

或许是"声"的影响变弱了，鸟子挣扎着自己站了起来。我几乎没察觉到她的动作，径自凝视着镜石。

"空鱼，怎么了？"

"——有人。"

"欸？"

"映出了——人。"

除了我们之外的什么人，在镜石里面……

我半信半疑地凝神细看，突然认出了这个人。

一声悲鸣涌上喉头。

镜石的表面映出的，是闰间冴月站着的身影。

我猛地回过头。

不知什么时候，她来了——就在后面。

"冴月……来了。"

小樱再次轻声说道。

"空鱼？"

鸟子顺着我的视线看去。她注视着昏暗的保管库，目光又回到我身上。

"……冴月在吗？在这里？"

"不在！没有！"

我的否认太快，也太用力了。

"……你看见了，对吧？"

鸟子的声音低得近乎耳语。

我没能掩饰住自己的表情。冰冷的绝望感浸没了喉咙以下的身体。

我发不出声音，只是拼命摇着头。

"你看见了，对吧。"

怎么办。

怎么办怎么办怎么办。

暴露了。

我知道总有一天会暴露的。

但我以为没关系。

我以为能搪塞过去的。

我所恐惧的那句话，终于从鸟子口中说了出来。

"莫非，空鱼你——之前，一直都能看见她？"

不是的。不是的。

我想撒谎，但却怎么也说不出口。

我如同溺水之人般痛苦，只能像狗一样急促地呼吸着。

鸟子似乎懂了，声线低沉。

"果然，是这样呢。"

果然？

"我之前就觉得很奇怪。你有时会突然露出阴沉的表情，盯着我看不见的什么东西。"

骗人。

"之前我不能确定。"

我以为自己没表现出来的。

"但会让空鱼反应那么激烈的人也没几个对吧。"

我以为鸟子不会怀疑的。

"你以为我不知道吗？"

"啊……唔。"

"你是这么想的吧。"

她对我说话的声音十分冷静，这反而让人觉得害怕。

我无法看向鸟子的脸。

一直在我身旁的，鸟子的脸。

美丽到让我想一直看下去的，鸟子的脸。

"冴月大人……在吗？"露娜在我背后说道，"喂！她在那里吗？冴月大人——"

烦死了，现在不是说这种事的时候，你给我滚一边去——我被逼得已经连这样的想法都没有了。眼前的状况完全超过了承受的极限，我已经无法思考。

"不在！不在！我都说了不在！"

我只是像个撒泼的孩子一样大叫着。

一双靴子，闯进了我低垂的视线。

只能像狗一样喘着气的我抬起了眼睛。

闰间冴月正用她蓝色的双眼俯视着我。

回过神时，我已经一屁股瘫坐在地。

我试图移动绵软的双腿逃走，后背却撞上了桌子。

至今为止，我和闰间冴月——抑或幻化成她模样的某种生物，已经对峙过好几次了。每次我都直面恐怖，拼命转动着脑子。有时用枪，有时用右眼，有时全程无视——但如今，我却什么也做不到。脑中什么也没浮现出来。

当隐藏的秘密被鸟子知道的那一瞬间，我的支柱似乎崩塌了。

闰间冴月缓缓移动着身体，就像在深海里遨游的巨大生物一般，把视线从我移到小樱身上。她伸出覆盖着蕾丝边衣袖的长长手臂，从小樱掌心里拿起了镜石。

"啊……"

小樱发出悲切的声音。在她面前，闰间冴月举起了镜石。

其他人都看不见她，全员的目光自然而然地追随着悬浮在空中的镜石。

镜石被举到闰间冴月面前时，以其中一个角为支点，像陀螺一样转了起来。镜面上映出了闪着蓝光的双眼。随着旋转的速度逐渐加快，蓝光也不断变强，照亮了整个房间。

"——冴月。"

在小樱发出低语的下一个瞬间，光绽开了。

传来炸雷般的声音，Ultra-Blue 的闪光覆盖了一切。

我从冲击中醒转，慢慢睁开眼睛。眼前是无垠的草原。昏暗的天空下，颀长的野草随风沙沙作响。

是"里世界"。

如果这里的时间和"表世界"同步，现在就是凌晨四点过。地平线染上了朦胧的紫色，黎明即将到来。

在这片草原上，站着闰间冴月。

鸟子，露娜，就连小樱也屏住了呼吸。"谢谢女"害怕地叫了一声，当场瘫坐在地。那两名第四类伏在草上发出含混不清的呻吟。

不只是我，所有人都能清楚地看见她的身影。

"冴月！"

第一个叫出声的是鸟子。

"终于……终于见到你了！"

鸟子踏着草奔向冴月。

不行——你不能这样做，鸟子。

明明在关键时刻，我的话却堵在嗓子眼里，一句也说不出来。

鸟子终于到了闰间冴月身边，抓住她。

闰间冴月毫无反应。

"喂！是我啊！知道我是谁吗？我是鸟子！"

鸟子的声音里带着哭腔，这一点让我受到了很大的打击。

在闰间冴月面前，鸟子也会这样展现出自己柔弱的一面吗？

"我来接你了，冴月……"

黑衣女的手抓住了她没戴手套的左手，鸟子的肩膀一瞬间因为紧张而震了一下。

她终于有了反应，蓝色的双眼看向了鸟子。闰间冴月像一只巨大的猛禽类，把脸向鸟子凑近。

啊啊。不行了。鸟子。

鸟子要被带走了。

我因为绝望而僵在原地。这时，有人突然抓住了我的肩膀。

"振作点，小空鱼。"

小樱紧紧抓着我的肩膀站着。她似乎终于恢复了理智，眼神有了焦点。

"小樱……"

"不行，那个不是冴月——不是我所知道的那个冴月！"

小樱充满痛苦地说完，身体猛地软倒，我赶紧接住她，她像要推开我一样有气无力地动着手臂，接着说："动起来……快点！抓住她！鸟子要走掉了！！"

小樱的叫喊推了我一把。我挣扎着站起来，挪动着不听使唤的双腿，就像橄榄球员相互擒抱一样从后面抱住了鸟子的腰。因为用力过猛，两人都摔倒在地。

"啊啊？！"

和闰间冴月牵着的手被甩脱，鸟子发出了悲鸣似的声音。

"空鱼，慢着——"

"别走。"

我不听鸟子的抗议，说道："你生我的气也好，讨厌我也好，但是不要走。不能跟着她走，绝对不行。不行。不要走不要走不要走——"

我知道不管自己说什么都无法说服鸟子，我只有一个劲儿地重复着，不让鸟子插嘴。不让她说"放手""让我走"。

鸟子呆呆地回望着我。重复着重复着，我已经不知道自己在说什么了。现在我的表情是什么样的？是在哭吗？还是在发怒？还是……

闰间冴月面无表情地俯视着在草原上扭打成一团的我们。

她的脸突然扭向一边。

视线的尽头，是润巳露娜。

"冴月大人，我终于见到您了。"

露娜说出了和鸟子一样的话。她的声音在颤抖，比起紧张，更多的是崇拜对象出现在自己眼前的喜悦。

"自从接受了您的神启以来，我这么多年都在等待这一天。我是您的使徒，露娜。"黑衣女一言不发地低头看着露娜，对方带着狂热的表情接着说道，"露娜是您的下仆，请把我带走吧——去往 Blue World 的彼方。不是其他任何人，是我露娜！请选择比谁都爱着您的我吧！"

不知从什么时候起，鸟子也和我一样停下了动作，盯着四目相对的露娜和闰间冴月。有种难以言喻的感觉，紧张感不断高涨，似乎马上要发生什么不可挽回的事了。不管是看下去还是移开眼睛都很恐怖。

不知道露娜有没有一样的感觉，她口齿不清地接着往下说："您需要证明吗？我是被选中的人，我是 Gifted 的证明……我有和冴月大人在一起的资格！请听听您赐予我的恩宠，听听我的'声'吧。"

露娜深吸了一口气，马上要从喉咙里放出"声"来。就在这时。

"露娜大人，不可以。"

没想到，出言阻拦的是"谢谢女"。

明明非常害怕，都吓得直不起腰，抖如筛糠了，她还是向露娜爬去。

"请快逃，您不知道吗？这是邪视！太过……不祥的……这么……"

"谢谢女"就像在贴近眩目的光源，对着冴月的方向抬起手挡住眼睛，背过脸慢慢靠近两人。

露娜回过头，用明显很烦躁的语气叫道："你在干吗，白痴女人！别挡路！退下！"

"谢谢女"没有听从她的命令。

"你这撒旦……肮脏的母狗……不许欺骗……我的女儿！"

她一边像念经一样唱诵着，一边挡在了露娜跟前，手里拿着冴月的笔记本。

"快逃。这样不行。没办法了。我已经，没办法了。完蛋了。"

"谢谢女"口中念念有词。

"你要干什么！？白痴女人——事到如今别来摆出一副母亲的样子了！"

"谢谢女"没有理睬露娜的骂声，打开笔记本读了起来。从她口中吐出的语言在我听来是这样的。

"有个小门放进恶魔呼唤着人，人终于能通过的门用手电筒打开关上打开关上骨碌骨碌骨碌骨碌——"

咒语？不，是更加支离破碎的……

"A和B和C和D和变得嘟嘟囔囔便器和便器并排有人来了靠近过来了恶心的说话声刚才叫了所以。叫了所以已经没事了，睁开眼睛的话——"

毫不停歇不断继续着的"异言"戛然而止。

回过神时，在"谢谢女"身后站着几个人影。

四个有着长长白发，戴着王冠的皱巴巴的老人，正面无表情地低头看着她。

"那是，什么？"

鸟子轻声说。

我隐约认出了那几个人的身份。准确地说，是推断出了他们的出处。他们和网络怪谈"地下的圆洞"中登场的神秘老人很相似。

因为念出了笔记内容而出现在"谢谢女"背后的戴王冠的老人——从构图上看，简直就像召唤出来的怪物正在挑衅闰间冴月一样。

然而——那本笔记真的是那么方便好用的东西吗？

我的担忧在下一个瞬间得到了证实。

刚才还面无表情的四个老人弯弯地眯起了眼睛。他们的嘴角向上吊起，露出牙龈。是我从未见过的，充满恶意的笑。

"谢谢女"回过头，害怕得向后退去，老人们面带骇人的笑容望着她。

她被夹在闰间冴月与老人们中间无处可逃，脸上浮现出绝望的神色。

"快逃……"

"谢谢女"再次对露娜说道。然后，她捏紧颤抖的双拳，向闰间冴月伸去。

是那个从食指和中指之间伸出拇指的手势。那是除去邪视带来的灾祸，驱邪的象征——

没有任何效果。

闰间冴月举起双手，紧紧捧住"谢谢女"的脸。她的拇指一点点陷入了对方的眼窝。

"谢谢女"发出一声惨叫。溢出的鲜血流过脸颊，濡湿了脚边的草丛。

"妈妈!"露娜尖叫道,"冴月大人——请住手!为什么?!"

老人们仰起皱巴巴的喉咙,咯咯咯地笑了起来,仿佛"谢谢女"被戳瞎双眼惨叫的情景好笑得不得了似的。他们扭动着身子不断大笑着,像纸屑一样变成一团,消失在虚空中。

惨叫声停止了,最后,只剩下咕嘟咕嘟冒着血泡的声音。

闻间冴月松开手,露娜的母亲软绵绵地倒在地上。

"冴月……大人……"

润巳露娜呆呆抬起头,女人沾满血的手抚上了她的脸。

她发出了惊人的惨叫。叫声充满痛苦和恐惧,简直就像被活剥了皮一样。我和鸟子不由得捂住耳朵。

"救……命……"

从露娜的喉咙里发出的"声"看上去像纠缠的带刺铁丝一样混乱。在她前方,两名第四类还趴在地面上。"声"缠绕着第四类,潜入了它们身体中。第四类呻吟着爬起了身子。有着无数手指的那一只四肢着地爬向露娜,另一只开始用肿胀的头部在半空中摩挲。

"声"马上被喉咙中液体堵住的闷响所取代。闻间冴月松开手,露娜摇晃着脑袋,站在原地。她背朝着我们,看不见表情。

多指的第四类爬到了露娜脚边,它的手指探向冴月的鞋,缠住,试图从对方的脚踝爬上小腿肚。这时,它的后背膨胀起来,无数手和手指以爆发之势飞出。身体的其他部分沿着地面展开去,就像突然长出了一棵用人体躯干做的树一样。肉树痛苦痉挛着不断向上生长,眨眼间就从末端开始变黑枯萎。指甲从朽坏的手指上脱落,啪啦啪啦地掉在地上。

有着巨头的第四类左右摇晃着身体。它用头撞击着空无一物的半空,漾起银色的波纹。巨头外面的纤毛蠕动着,与波纹相联结,最后,空中开始出现"门"的形状。透过银色磷光,能窥见昏暗的保管库内部。

"鸟子——我们逃!"

听见我的话,鸟子猛然回神,看了过来。到这个时候还要抵抗的话,我就要揍你了……我做好了心理准备捏紧拳头,但鸟子咬住下唇,点了点头。

"小樱!"

向后看去,小樱捂着脸趴在地上。

"你没事吧?"

"讨厌……我受够了……快把我从这里放出去……"

她发出无力的呻吟。对恐怖免疫力很低的小樱而言,眼前的状况无异于地狱吧。

我和鸟子互相搀扶着站了起来。

冴月站在那棵骇人的肉树下,露娜依然呆呆地站在她面前。

"露娜!你还活着吗?"

我犹豫着喊了一声。露娜缓缓回过头来。看见她的脸,我倒吸了一口冷气。

露娜的嘴张到了我从未见过的宽度。她的下颚无力地垂着，舌头吊了下来，翻着白眼流着口水，已经完全失去了理智。

露娜向前伸出双臂，用僵尸一样的动作蹒跚地走向我们。似乎是想尽可能离站在后面的闰间冴月远一点。

我和鸟子对望了一眼。我知道我们在那一瞬间不约而同地产生了同样的想法。

必须去救露娜。

如果是十分钟之前的我，说不定会毫不犹豫地丢下她。冷静想想这家伙可是敌人。对我而言是邪教组织的头目，对鸟子而言——不，即使不去想，让人火大的要素也太多了。

但我无法丢下她不管。

让我改变主意的，是"谢谢女"。在闰间冴月对自己的母亲出手时，听见露娜的叫声以后，我已经——

我和鸟子用力抓住了露娜的双臂，使劲一拉。她仍然保持着大张嘴、下巴脱臼似的糟糕表情，倒向我们这边。

我回过头去。露娜的忠仆——有着巨头的第四类打开的"门"已经足以让我们通过。

"空鱼，小樱交给你了！"

"知道了！你先走！"

把露娜交给鸟子，我奔向小樱身旁。

"我们逃！站起来！"

"站不起来。"

"……OK，那，抓住我。"

我说道。小樱紧紧地抱了过来，环住我的脖子，我就这么双手抱着她站了起来。一不小心变成了公主抱的姿势。不管怎么说，对方是个小学生的尺寸，我也能勉强抱起。但总归是没办法优雅地前进了，我东倒西歪地迈着O形腿，一口气跑向"门"。

幸好这是个几乎没有中间领域的直通门。只要在两个世界的夹缝间走个两三步，就能回到"表世界"了。

"空鱼，快点！"

鸟子在"表世界"那边喊我。我正急着要跑过去时，从后脑勺传来一阵剧痛，让我向后仰去。

看着这边的鸟子表情惊愕地僵在了原地。从我怀里抬起头的小樱也看向我背后，露出了一样的表情。

"冴月……"

鸟子脱口而出的一句话让我摸清了状况。

我脑后的头发被冴月的手抓住了。

长得已经够扎起来的，我的头发。

鸟子和小樱都很中意的，我的头发。

长得越长，就会越像闰间冴月的，我的——

"鸟子，接住！"

我喊道。鸟子如梦初醒地眨眨眼睛。我挣开小樱抱着我的手臂，把这具小小的身体抛向鸟子。

"呀！"

小樱发出了悲鸣，划出一道低幅度的抛物线，堪堪被鸟子接住了。

趁这期间，我拔出了从邪教男子那里抢来的小刀。

把手绕到脑后，将刀刃伸进发丝当中。

是一把锋利的小刀。

唰、唰、唰，切了三次之后，头部一下子得到了解放。鸟子和小樱抓住用力过猛快要摔倒的我，把我拖出了"里世界"。

回头看去，在不断缩小的"门"对面，闻间冴月正注视着这边，我们四目相对。我们的恩人——有着巨头的第四类不知被做了什么，成了扁扁的新月形，它抽搐着，看不出是嘴还是鼻孔的洞里流出黑色的体液。

闻间冴月双唇翕动，我回答道："不行，因为这一天是红色的。"

她又说了些什么，我激烈地摇着头。

"不行，我没有约好，要是分开就活不下去了，长着角的脸会流过来的不是吗，然后就是审判对吧——"

"空鱼？"

"不知道什么时候会迎来终结但作为人这是不被允许的对吧，因为我不能允许——"

"空鱼！你在说什么，空鱼！"

"要是烧起来成了骨头的话我也一定会去的所以——"

正在跟闻间冴月对话的我，突然被打了一巴掌，一瞬间失去了意识。回过神来时鸟子正抓着我的肩膀，端详着我的脸。

"……鸟子？为什么打我？"

我呆呆地问道，逐渐恢复了理智。

刚才我说了什么？记得在对话过程中，我还有意识的。

越过鸟子的肩膀，映入眼帘的是不断缩小的"门"。闪着蓝光的邪视之眼消失，空间的洞穴彻底关上了。

鸟子也回过头，看向"门"曾经在的地方。

我担心闻间冴月会不会再次打开"门"追过来，紧张地等了一分钟左右。姑且是没有追来的样子，终于得以吐出憋在胸中的这口气。

我踉跄着扶住桌子。桌上还留有"谢谢女"的文件，闻间冴月的笔记也好，镜石也罢，都已经不见了踪影。

朝阳透过天窗，以平浅的角度照了进来，把墙壁上方映得雪白。靠近地面的地方依然昏暗。我靠着桌子慢慢坐下。

脚下倒着润巳露娜。她看上去非常狼狈，但似乎还有气。或许是因为她的表情过于吓人，鸟子脱下外套盖住了她的脸，然后取出手机拜托汀安排医生护士过来。

正呆呆地听着鸟子打电话，小樱一屁股坐在了我的左边。

"你来救我了，小空鱼。"

"是这样呢。"

"我也来了哦，小樱。"

鸟子打完电话，插了一句。小樱摇摇头。

"还以为你们俩都觉得我无所谓的。"

"不是的，已经不一样了。"

"……嗯，已经不能丢下你不管了。"

"'已经'是什么意思啊笨蛋。我要哭了。"

小樱无力地笑了笑。

"空鱼，你的头发……"

鸟子把手伸向我的脑袋，抚顺凌乱的头发。

"回到了原来的长度。"

听我这么说，鸟子点头深表同意。

说起来，一系列"后果自负型"怪谈都有一个共通之处，那就是为了逃离诅咒，要把头发剪短。发现自己不知不觉间按着怪谈的情节发展行动了，我不由得有些坐立不安。

"啊——我也去把头发剪剪吧……"

小樱自言自语地说。我没明白她的意图，正感到困惑，小樱嘎吱嘎吱地扭着脖子，发出了深深的叹息。

"已经到极限了。稍微……小空鱼，膝盖借我一下……"

话还没说完，小樱就把头放在我的大腿上，闭上了眼睛。看得出她已经浑身无力，疲惫不堪了。

"小樱？"

我有点担心，叫了一声，耳边传来沉重的呼吸。这到底是昏过去了呢,还是睡过去了呢……不管怎么样,看上去不像是需要急救的样子,于是我又靠回桌旁。

鸟子坐在了小樱的反方向,把我夹在中间。

对话突然中断,沉默持续了一小会儿。

先开口的是我。

"没跟你说冴月的事,你没生气呢。"

鸟子没有回答。

"就算你生气,我也不打算道歉。跟着那种家伙走绝对有问题。"

"……"

鸟子仍然沉默,对我"那种家伙"的说法也没有反应。

我接着说了下去,想到什么说什么。

"在我说'我们逃'的时候,你老老实实地跟着我来了,我很高兴。我当时想着,如果你说'可是'或者'让我走'什么的话,就揍你一顿。"

"揍我?空鱼吗?"

鸟子发出脱力的笑声。

"很好笑吗?"

"有点。"

"我是认真的哦。"

"嗯,我知道。"

真的知道吗?

"至今为止我也揍了你很多次。在你因为取子箱差点死掉的时候,记得我也打得挺狠的。"

"我也是哦。本来这只左手就是在空鱼你被'扭来扭去'袭击时打了你耳光才变成这样的。刚才你又开始说疯话的时候我也不自觉地出了手。"

不知道为什么，鸟子不甘落后地说。

"鸟子你相当暴力啊。家暴体质吗？"

"没这回事啦……这话也太过分了吧？"

鸟子一脸意外地噘起了嘴，于是我也没再追究下去。

"——你抓住那家伙的手时，我还以为这下完了。"听了我的话，她抬起头看向我，"你见到了一直想见的人，我说谎的事也暴露了。已经完了，我要被讨厌了……"

"没这回事，空鱼。没这回事。"鸟子摇摇头，"冴月当然很重要，但空鱼你也早就成为对我而言很重要的人了。我们是共犯，对吧？你可以再多相信我一点的。"

我没料到她会说出这样的话。我感觉胸腔深处渗出一股暖流。

"可是——这样好吗？因为我……"

"很凉。"

鸟子突然冒出一句。

"什么？"

"在我握住冴月的手的时候——"鸟子一边摩挲着自己透明的左手一边说，"她的手很凉……非常冰凉。一点也不像是个活人。明明最后一次遇见她的时候，不是那样的。"鸟子仿佛对自己的话感到疑惑，磕磕绊绊地接着说，"其实，我一开始很生气。但，看到你要被带走时，我的怒气就都消失了。如果连空鱼都从我身边离开——光是想想就感觉要发疯了……然后我就，害……害怕起来。"

我把自己的手伸到结结巴巴的鸟子跟前。

"我呢？凉吗？"

鸟子看着我的眼睛，又把视线落在我的手上。

然后她用双手轻轻握住了我的手。

"好温暖。"

鸟子用嘶哑的声音说，把我的手拉到唇边。

她用唇碰了碰我的食指根部，骨节突出的地方。

"谢谢你，空鱼——我最喜欢你了。"

鸟子闭上眼睛轻声说。从她口中喷吐出的气息带着温热，流过我的指甲和指缝。一阵甜美的酥麻感沿着手臂的神经扩散开去。

Otherside Picnic

参考文献

本作品以现存众多真实怪谈和网络传说为原型写就。笔者将书中直接引用之故事特别标注如下。下记内容涉及正文，可能存在剧透，请谨慎阅读。

■ 档案9　山的气息

关于"山之件"的报告出自论坛2ch揭示板的灵异超常现象板块"来收集一点都不好笑，恐怖得要死的恐怖故事吧？157"帖子（有两个同名帖）的第167—169楼（发布于2007年2月5日）。后续与网友答疑（189楼）中提到，报告人遭遇怪物的地方位于"宫城县和山形县交界处"。

之后，有人对"山之件"的背景进行了民俗学考察，也有人表示自己家乡有关于"山之件""山之怪"的传闻，但大多语焉不详。

■ 档案10　猿拔小姐和空手家小姐

"猿拔女"出自"难以理解的体验、谜之故事～enigma～Part49"讨论串的第665楼（发布于2009年1月16日）。在院子里出现的猿猴状生物出自体验谈"心灵感应似的感觉"，其中提到：猴子告诉我"'猿拔女'来的时候，就把这个给她看。告诉她这是自己掉下来的，对方会再给你。之后就把它们埋在院子里。"，说完它留下牙齿（恐怕是人类的智齿）就走了。

两天后的1月18日—20日，同帖的第728—788楼讲述了后续。一个自称"猿拔女"的老婆婆出现，给了新的牙齿，自己便把牙齿都埋了……讲述人还上传了牙齿的照片。

之后，在1月21日，第812楼，讲述人又上传了从猿拔女手中保护了自己的护身符照片。从网友们的反应来看，这张照片暗示一系列报告都属于钓鱼行为。

但由于云端文件已经消失，无法浏览该照片。因此，"钓鱼宣言"本身的存在也未能得到确认。

时间线拉得较长的网络怪谈中，常有中途出现另一个人冒充一开始的报告人进行讲述的情况。在这种情况下，如果一开始的报告人不回来揭穿，看客们便难以察觉。就算揭穿，被反咬一口的话，也难以自证身份。"猿拔女"事件也一样，最初的第665楼与两天后的第728楼及之后回帖者不一定是同一个人（ID也不同）。

本系列中将不会引用作者明确宣布是编造的故事进行写作。鉴于该帖子的全程，笔者判断"猿拔女"是处于灰色地带的实话怪谈，但并非完全虚构。

另外，在第二卷的参考文献中提到的我妻俊树作品《FKB怪幽录奇奇耳草纸》（竹书房文库，2015年出版）中收录了"惨拔"的故事。这个体验谈讲的是听到关于"惨拔"的奇怪传言后，灾祸就会降临。

不只是出现的单词，就连大致剧情也有相似之处，让笔者略感诡异，因此在文中一并进行了引用。

■ 档案11　倾听耳语，后果自负

在2ch灵异超常现象板块中存在着读了之后就会被传染的"后果自负型"怪谈，这些怪谈第一次出现是在"来收集一点都不好笑，恐怖得要死的恐怖故事吧？"帖子（虽然该帖子没有编号，但实际上是由于初代帖子扩大而开的part2）的第379楼（发布于2000年10月27日）。但这个故事由于网友们的捣乱和出现假的讲述者，最后无疾而终。有自称已经知道了这个故事的网友剧透称这是运用了多处类比手法的"参加型"恐怖故事，但剧透本身不得要领，故事出处也不明确。

另外，两年后，在"来收集一点都不好笑，恐怖得要死的恐怖故事吧？PART13"的第504—572楼出现了和前一个怪谈十分相似的故事，据说是从1997年的"废弃前Q8的BBSlog"中发现的。此后，断断续续出现一系列自称"后果自负型""山西系[1]"的投稿，内容上也存在共同点。

由于相关故事较多，详情请参照爱好者创立的"'后果自负型'考察网站（假）"（http://www.geocities.jp/zikosekininkei/）……

---

[1] "山西系"怪谈始于2ch揭示板上一篇名叫"ヤマニシさん（山西先生）"的怪谈，讲述了一行人前往某座空屋去验证关于"山西先生"的传说而被附身的故事。此后网友们便将此类怪谈统称为"山西系"。

虽然我想这么说，但存在着一些问题。请看上文给出的URL，是geocities。2019年3月31日宣布关闭的Yahoo！geocities的网站。若未更改域名，在本书出版几个月后该总结网站也会迎来消失的命运。实际上，该考察网站的外链"shitarabaBBS"的考察帖已经消失不见，在该帖子中进行过的考察也丢失了。

"地下的圆洞"出自"恐怖故事投稿：Horror Teller"的投稿（发布于2009年10月20日）。本作中"谢谢女"说出的"异言"引用了该故事的内容并乱序排列而成。

关于"山之牧场"，笔者参考了《新耳袋 现代百物语 第四夜》（木原浩胜、中山市朗著，角川文库，2003年出版）中收录的一系列报告。该怪谈非常有名，在广播、杂志等也经常被提及，听过的读者应该很多。另外，在中山市朗所著《怪谈狩 不祥之家》（角川恐怖文库，2017年出版）中，收录有非常详细的后日谈。

再次向对笔者造成直接或间接影响的网络怪谈、实话怪谈的报告者们致以感谢。

另外，在"后果自负型"怪谈中也略微提及过，这里笔者要谈一下对网络怪谈进行分类、考察的网站管理员以及参与了相关工作的网友。收集、积累这类很快便会失传，失去源头的网络怪谈日志及相关讨论的（优秀）总结网站在网络怪谈文化中有着重要意义。由于闭站等情况导致这些网站相继消失，是一个巨大的损失。是各个总结、考察网站的管理员将各类网络怪谈从原来的帖子中截取出来，编辑标题，而发现各个网络怪谈之间存在关联的则是网站成员或原帖的网友。虽然这些地方有朝一日必会消失，但我们不应该忽视它们对大环境带来的深刻影响。

希望本书能作为一份薄礼，回馈一直以来为笔者带来无数恐怖体验的各位作者。

图书在版编目（CIP）数据

里世界郊游.3,山的气息/(日)宫泽伊织著;游
凝译.—北京:文化发展出版社,2021.2（2023.3重印）
书名原文:裏世界ピクニック3　ヤマノケハイ
ISBN 978-7-5142-3297-4

Ⅰ.①里… Ⅱ.①宫… ②游… Ⅲ.①幻想小说－日
本－现代 Ⅳ.① I313.45

中国版本图书馆 CIP 数据核字 (2021) 第 017715 号

版权合同登记号　图字:01-2020-6153
URASEKAI PIKUNIKKU 3
Copyright © 2018 Iori Miyazawa
Originally published in Japan by Hayakawa Publishing Corporation
Simplified Chinese translation rights arranged with Hayakawa Publishing Corporation
through AMANN CO., LTD.

里世界郊游.3　山的气息

[日] 宫泽伊织 / 著

游凝 / 译

责任编辑: 周　蕾	特约策划: 欧阳博　张录宁
责任设计: 郭　阳	责任校对: 岳智勇
责任印制: 杨　骏	

出版发行: 文化发展出版社（北京市翠微路2号　邮编: 100036）
网　　址: www.wenhuafazhan.com
经　　销: 各地新华书店
印　　刷: 嘉业印刷（天津）有限公司
开　　本: 880mm×630mm　1/32
字　　数: 150 千字
印　　张: 7.75
印　　次: 2021 年 3 月第 1 版　2023 年 3 月第 2 次印刷
定　　价: 36.00 元
Ｉ Ｓ Ｂ Ｎ: 978-7-5142-3297-4

◆　如有任何印刷装订质量问题，请联系: 010-57735441 调换。